北の空に翔べ　蒼き闘将達

松前藩開祖
武田信廣とその一族

久末知樹
Tomoki Hisasue

JN166543

文芸社

六〇〇年ほど前、哀しくも壮絶な男達の戦いが、この北の大地、北海道にもあった。

登場人物

武田　信廣……蠣崎信廣　松前藩開祖
　上之国守護 蠣崎季繁の後継者　コシャマイン酋長と戦う
蠣崎　光廣……武田信廣嫡男
蠣崎　義廣……蠣崎光廣嫡男
蠣崎　季繁……上之国守護　花沢館主　信廣の義父
安東　政季……蝦夷地支配後に檜山安東氏祖
安東　忠季……安東政季の子
小平　知信……武田信廣家臣　信廣の旗本　信廣の兄とも叔父とも言われる
小平　知廣……蠣崎光廣家臣　光廣の旗本
佐々木繁綱……武田信廣家臣　武田軍の参謀、情報分析に秀でる
工藤　祐長……武田信廣家臣　武田軍の参謀　統率が優れる
工藤　祐廉……蠣崎光廣家臣　統率が優れる
今井　吉兼……武田信廣家臣　「蝦夷ヶ島の赤鬼」と言われる猛者
鬼庭袋義宗……武田信廣家臣　「羆の鬼庭」と言われる豪の者
南部　光政……南部氏第十七代当主

武田　季子……信廣妻女　安東政季娘・蠣崎季繁養女となる
安東（下国）家政……茂別館主　下之国守護　政季弟
安東（下国）定季……松前守護　大館館主
藤倉　信忠……信廣家臣　信廣近従頭
若狭の竜蔵……信廣家臣　武田軍の情報将校　草の者の頭
若狭の信竜……蠣崎光廣家臣　蠣崎軍の情報将校　草の者の頭　若狭の竜蔵の養子
コシャマイン……オシャマンべの首長（酋長）
　　オシャマンべ（現北海道山越郡長万部町）
タナケシ………セタナの首長（酋長）
　　セタナ（現北海道久遠町せたな町）

年表

一四三一年　永享　三年　武田信廣、若狭守護武田信賢の嫡男として、若狭の国小浜に生まれる
一四四三年　嘉吉　三年　真言宗上国寺草創（後に浄土宗）
一四五一年　宝徳　三年　三月若狭より家臣五名と共に出奔、二十一歳
一四五二年　享徳　元年　鎌倉より陸奥に向かう
一四五四年　享徳　三年　南部氏と戦、離脱し蝦夷地に安東政季と共に渡る
一四五五年　康正　元年　武田信廣、季子と結婚
一四五六年　康正　二年　アイヌが蜂起し倭人が多く殺害される
　　　　　　　　　　　　光廣誕生
一四五七年　長禄　元年　五月十四日オシャマンべのコシャマイン酋長が大挙して蜂起
　　　　　　　　　　　　五月十七日茂別館包囲する
　　　　　　　　　　　　信廣にコシャマイン父子討たれる
一四五九年　寛正　元年　蠣崎家重臣小山隆政・太郎、武田信廣殺害を策謀するが発覚

する

一四六二年　寛正　三年　蠣崎季繁没す。信廣、洲崎館から花沢館に移る

砂館神社（毘沙門堂）創立

一四六七年　応仁　元年　応仁の乱

一四六九年　文明　元年　信廣勝山館を築く。アイヌ蜂起

一四七三年　文明　五年　信廣、八幡宮を建立する。アイヌ蜂起

足利義尚征夷大将軍に任ぜられる（九歳）

一四七九年　文明十一年　蠣崎義廣、勝山館で生まれる

一四八九年　延徳　元年　足利義政が銀閣寺を作る

一四九〇年　延徳　二年　足利義材十代征夷大将軍に任ぜられる

一四九三年　明応　二年　戦国時代始期

一四九四年　明応　三年　武田信廣六十四歳で没す。足利義澄十一代征夷大将軍に任ぜられる

一四九六年　明応　五年　十一月下国恒季の悪政を、檜山（秋田）安東忠季に訴える

六月アイヌに攻撃され茂別館落ちる、光廣、安東家政に泊館を与える

一五一二年　永正　九年　アイヌに箱館・志苔館・与倉前館攻め落とされる

一五一三年　永正　十年　アイヌ六月に松前大館を攻め落とす

一五一四年　永正十一年　三月光廣・義廣親子が松前大館に移住する
一五二一年　大永　元年　武田信玄生誕　足利義晴十二代征夷大将軍に任ぜられる
一五二五年　大永　五年　東部・西部アイヌ蜂起
一五二八年　享禄　元年　五月タナサカシ徳山館を襲う
一五二九年　享禄　二年　西部アイヌの族長タナケンが蜂起
一五三〇年　享禄　三年　上杉謙信生誕
一五三一年　享禄　四年　六月タリコナ（タナサカシの婿）蜂起徳山館を攻撃
一五三四年　天文　三年　織田信長生誕
一五三六年　天文　五年　六月タナコリ勝山館を襲う
一五四三年　天文十二年　種子島に鉄砲伝わる

蠣崎軍反撃経路図

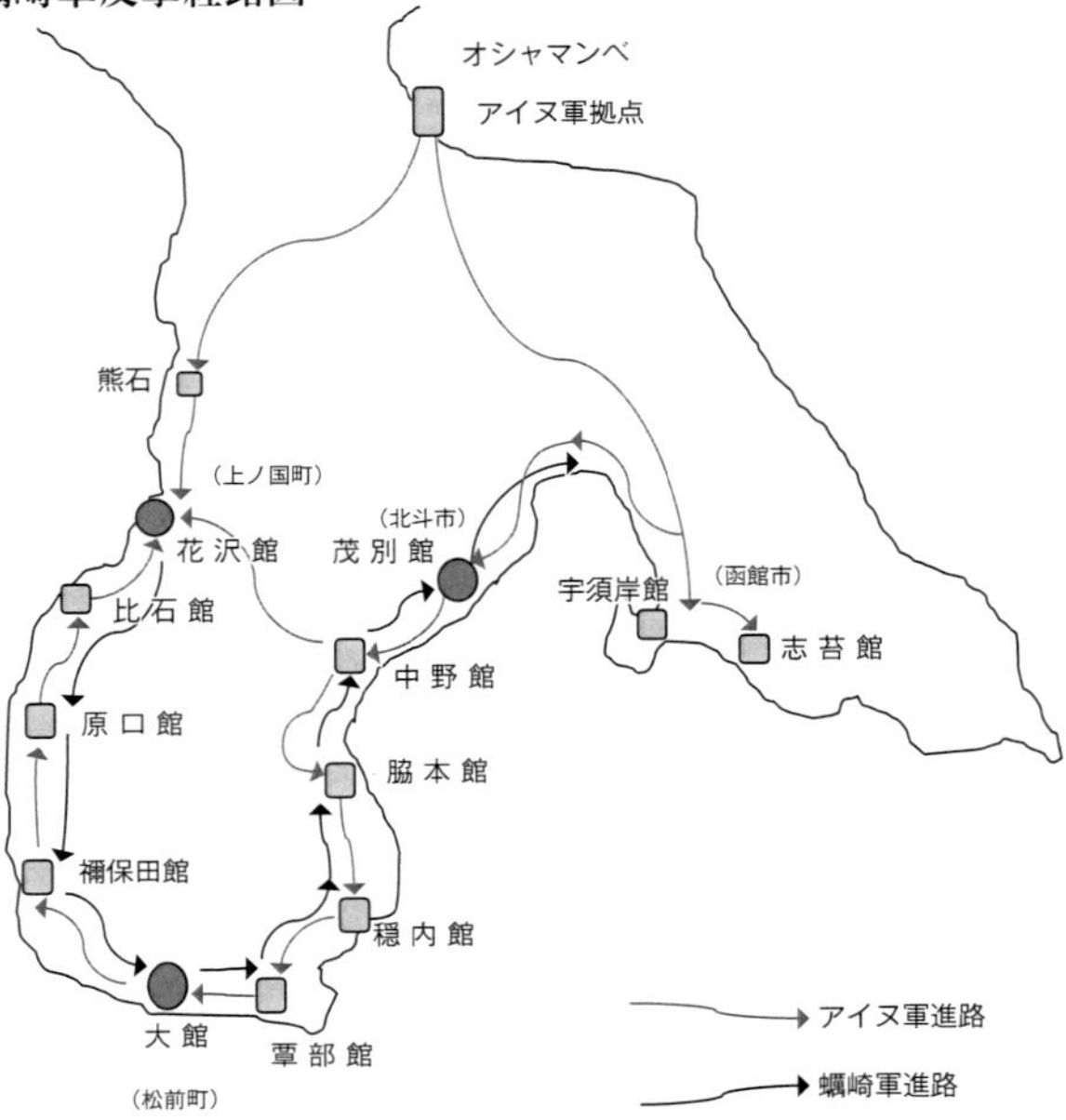
オシャマンベ
アイヌ軍拠点
熊石
（上ノ国町）
花沢館
比石館
原口館
禰保田館
大館
（松前町）
覃部館
穏内館
脇本館
中野館
（北斗市）
茂別館
宇須岸館
（函館市）
志苔館
アイヌ軍進路
蠣崎軍進路

はじめに

室町時代、南北朝の内乱が終結し、足利幕府の安定期に入ると思われたが、第八代将軍足利義政の後継問題で、細川勝元と山名宗全が東と西に分かれ、「応仁の乱」が勃発した。全国の大名が都に集結して戦い、京の都を焦土と化し、戦を終えるのだが、将軍の権威が低下し、それと共に守護職の統治力も落ち、国人衆、守護代の台頭が著しくなり、世に言う「下剋上」の戦国時代へと移行する。

風雲急を告げるこの時代、蝦夷地（現北海道）における倭人とアイヌ民族との間に、百年の長期に亘る戦いがあったことを、多くの人が知らない。

この頃の蝦夷地は、アイヌ民族が大勢を占めており、大別すると、一つは日の本という道東、道北方面に勢力を張るロシア系アイヌであり、二つ目の唐子は道央、北西方面に住み、中国大陸系であろうか。そしてもう一つが渡党であり、主に南西、南東の道央以南に住み、東北地方から逃れた蝦夷や、戦に敗れ、逃れた武士、食い詰め浪人、行き場のない民や、流人であろうと思われるが、日の本、唐子のアイヌと融和を繰り返し、道南の一部から蝦夷地に勢力を拡大していったものと考えられる。アイヌ民族の中で唯一、倭人と言葉が通じることでもそれらを物語っている。

この頃の蝦夷地は、アイヌ民族が四十万人以上住んでいたと思われる。

倭人の勢力図は、北海道の道南渡島半島、それも海岸線の一部であり、武士と民を合わせても一万人ほどである。津軽安東氏が鎌倉時代に蝦夷管領となり、それ以降支配していた。

安東氏は津軽十三湊を本拠地にしていたが、勢力の拡大を図る南部義政が十三湊を攻め、安東盛季は南部義政に敗れ、蝦夷地松前に逃れた。

これを機に倭人が蝦夷地に多く住むようになるのだが、倭人が蝦夷地南西部に館を築き、入江を整備し湊ができると、そこに人が集まり、土地を開拓し集落が形成されていく。そこが市場となり、アイヌは容易に欲しいものが手に入るようになる。

危険を冒し船で海を渡ることも、交易船を待つこともなく取引ができ、生活が向上すると、アイヌ民族と倭人との生活の格差がだんだんと縮まることとなる。

しかし倭人が増えるにつれ、対等であった交易は、逆に格差が生じることになった。

交易の覇権をめぐり、アイヌ民族と倭人はしのぎを削るが、交易で暮らしの向上を図ってきたアイヌは、よきパートナーであり、隣人である倭人を、徹底的に追い詰めることはなかった。

倭人も、この極寒の地で生きていくにはアイヌの助けが必要であり、アイヌとの交易で生計を立てていた。

絶対的強者のアイヌが、弱者である倭人に土地、漁場を浸食され、不利な交易に耐え忍ぶことは、弱者ならともかく、強者には長い期間は無理なことであったが、アイヌ民族の我慢と忍耐で一発触発と共存共栄とのぎりぎりの狭間で生きていた。

そのため、互いに存亡をかけるような大きな戦は起きなかった。

しかし、いつの世でも戦は起こる。

アイヌもまた部族間で争いが起きており、倭人も、すぐに来る戦国時代でも領土争いをし、覇者にならんがために、多くの倭人達が戦い、死んでいった。

現在でもまだ領土、宗教、権力を握らんがために個人、国にかかわらず、また戦争の大小にかかわらず、多くの血が流れている。六〇〇年ほど前、アイヌの一人の少年の死が、コシャマインの蜂起となり、何千人もの人命が失われる、蝦夷地の最大の戦、倭人とアイヌ民族による「北の百年戦争」と言われる戦へと発展することとなる。

ここ、蝦夷地上之国（現檜山郡上ノ国町）、前面は日本海、右側に笹山の優美な山並みがあり、真向かいに日本海に突き出た江差湊の鴎島、その鴎島より湾なりに砂浜が弧を描き、花沢館の下を流れる天の川（天河）の河口まで続く。

その河口を過ぎると、岩場が眼下の大間の岬まで続き、左側の洲根子湊（上ノ国町大崎）そして四十九浜（安宅浜）、汐吹湊、比石館のある石崎湊まで岩場が続く。

紺碧の海が輝く、遥か遠くには奥尻島、そして大島が浮かび、そこに落ちる夕日が海を染めるのだ。実に風光明媚なところである。

二七〇度眺望の洲根子岬に、一人の若き武将が佇む。彼こそ先年この蝦夷地に夢と希望を抱き渡海し、アイヌ民族と戦い、後の松前藩の開祖となる、武田信廣である。

遥か若狭の国、そして亡き母を想うのか、その眼差しには少し寂しさが漂っていた。

もくじ

北の空に翔べ　蒼き闘将達

若狭の国脱出

宝徳三年（一四五一年）春。

雲間の月が、夜明け前に早く隠れようと天地を照らしては消し、急ぎ早に空を走る。

その雲間の月明かりを逃れるように、夜陰に紛れた旅装束の人影が山道に一つ、二つと浮かぶ。よほどの長旅なのか、装束が物々しい。その数が六人になった時に初めて声が発せられた。

屈強な体躯の年長の武士が「若、では出立します」と若者に声をかけた。

若者はうなずき、低いが凛とした声で「行くぞ」と言う。

闇の中で意を決するような、皆の「は」と、低いが力強い返事が返る。

ここは若狭の国小浜、春とはいえ、夜明けはまだ寒い。その者達は白い息を吐き、無言で小走りに間道を急ぐ。時々立ち止まっては、振り返り、物音に耳を澄ます。追手の有無を確認しているようだ。

東の空が白みだしたその方向に、若者が指を差した。

それを見て他の者がうなずく。どうやらこの者達が向かうのは東の方角なのだろう。

先頭を歩む男が立ち止まり、振り返ると「少し休むぞ」と声をかける。

皆が倒れ込むように座る。肩が大きく上下に揺れた。

若者が「皆、大丈夫か」と声をかけた。

五尺八寸（一七六センチメートル）余りの背丈に、眉目秀麗でどこか気品と風格をもち合わせた青年武士に、

「若、この北川沿いを近江まで行き、そして都に入ります。一時《いっとき》、東国の鎌倉辺りがよいと考えます」

年長の屈強な武士は、他の者にも聞こえるように話す。

若と呼ばれた若者は、「繁綱、追手は何年ほど来るのだ」と聞く。

「最低三年は」と、先ほどの年長の武士、佐々木繁綱が答えた。

尋ねた若者の名は武田信廣。当年二十一歳である。

信廣の父親は若狭守護、武田信賢であった。父の信賢は、少年の好奇心か憧れか恋なのか分からぬまま、自分の世話をする女性に手をつけ、生まれたのが信廣である。

信賢の父、信繁（信廣の祖父）は、信廣の出生を信賢には話さず、隠密裏に家臣に預けた。信繁はこの事実を信賢に知らせることなく、この世を去った。

信賢は元服後、妻を娶るも子供ができず、弟の国信を後継者とするが、後に信廣という自分の子がいると知ることになる。

信賢は家督相続争いが後々起こるのを恐れ、弟の国信に信廣を養子にさせた。これで信賢〜国信〜信廣という系図が出来上がり、後継問題も解決し、若狭守護武田家は万全と思いきや、弟の国信に子の信親ができると、国信は実子が可愛く、養子の信廣が邪魔となるのである。

実父である信賢は、信廣が父の子ではないかという疑念もあり、親子の実感とか、愛情が湧かずにいた。

いずれにせよ信廣は二人の父に相手にされず、だんだんと武田家で孤立していった。そして反抗的になり、粗暴になると、実父の信賢も信廣を疎ましく思うようになる。

信廣の居場所はなおさらなくなり、邪魔な存在となるが、信廣は成長と共に寂しさと怒りを文武に向けた。文武を佐々木繁綱、工藤祐長を師とし、今井吉兼、鬼庭袋義宗と共に海・山・川を駆けめぐり、戦の術を学び、夜は兵書に親しみ、寝起きを共にすることもあった。

佐々木繁綱は元備後戸屋ヶ丸城主で戦に敗れ若狭に来た、とも、また奥州の出で流れ流れて若狭に来たが、その才知を信賢に認められ、家臣となったとか定かでないが、武芸百般に通じていることには間違いない。

その繁綱が信廣の才知をいち早く見出し、信賢に志願し、信廣つきの家臣となった。

繁綱は特殊な情報網を持ち、また世情にも明るく、以後、信廣の傅役《もりやく》であり、参謀で、父親代わりともなる。

工藤祐長は武道に秀で統率力があり、人柄のよさからか、後には家臣団をまとめる力量を発揮した。

今井吉兼は、戦場では赤い鎧に鹿角の兜をつけ鬼と化す。後々、人は彼を「蝦夷ヶ島の赤鬼」と呼ぶこととなる。

鬼庭袋義宗は、黒糸縅の鎧に熊の兜で戦場を駆けめぐる姿は後に、「羆の鬼庭」と言われた。

小平知信は元々武田家の家臣ではなく、信廣の母方の縁者として、信廣の元を折に触れては訪れていたが、家中の空気が不穏になると、常に信廣に影のように寄り添っている。

信廣つきの家臣も、物腰の静かな、武芸等に優れている知信に好意を持ち、仲間として見ていた。まして信廣の母より「信廣には、知信の言葉は、この母の言葉として聞くようにと話してありますので、どうぞよしなにお願い致します」と言われ、佐々木繁綱らは、縁者というが、もっと深い間柄だろうと察した。

小平知信が表舞台に出るのは、蝦夷地に渡ってからである。静かな物腰から発する鋭い眼差しからも、ただ者でないことは確かである。

父の信賢にすると、代々の家臣ではなく、昨今召し抱えた素性のあまり定かでない、食い扶持程度を与えている者達を、世間に体裁をつけるために信廣つきとしたのであるが、図らずも信賢は一騎千頭の人材を、信廣に当てたわけである。

信廣は父信賢に唯一、感謝すべきは、信廣つきの家臣の優秀さである。

その家臣達がある夜、信廣の屋敷に集まった。

佐々木繁綱が一つ咳払いし、皆の顔を見回して口を開く。

「今夜皆に集まってもらったのは他でもない。信廣様のことだ。皆も知っての通り、信廣様は誠に危うい」

工藤祐長が目を閉じたまま、

「このままでは、若は家督相続の泥沼にはまり、殺害されることは必定である」

「信廣様のお味方は我々五人のみと、余りにも少ない。到底お守りすることはできないだろう」

佐々木繁綱が苦々しい顔で言った。

「さりとて、これという手だてもない」

鬼庭袋義宗が呻くように言う。

信廣は上座に腕組みをし、目を閉じている。

佐々木繁綱が意を決したようにさらに声を落とし、「若狭を出るしかないか」と独り言のようにつぶやいた。

「皆は若に命預けています」と今井吉兼が言うと、五人が互いに顔を見てうなずく。

繁綱が「若」と信廣の顔を見ると、他の者もいっせいに信廣を見た。

信廣は目を静かに開け、涙に潤む眼差しで皆を見回すと静かに語りだした。

「母上が亡くなる時に、『くれぐれも油断召されるな。信廣殿の周りは全て敵と思いなさい』と、また『信廣殿には何もしてやれぬ母を許してください』と言い残し、息を引き取った。それ以来、いつ殺されるのか、いつ死のうかと過ごして参ったが、わしを想ってくれる者がこんなにいたとは、何と果報者よ」

流れる涙を拭おうともせずに、信廣は言う。

「わしは若狭を捨てるぞ。皆、ついて来てくれるか」

多くの言葉は必要なかった。これで全て決まった。

「琵琶湖まで山越えし、湖に出たら湖沿いに京の都まで行く。都からは伊賀越えで伊勢に出て、鳥羽から船で東国まで、と今、考えている行程であるが、問題は伊賀越えだ」

佐々木繁綱は思案顔で腕を組む。

「伊賀越えは拙者に」

一同、小平知信に視線を向ける。

「一時暮らしたところでもあり、知り合いも多くいますので。それに里の者達も大して持ち合わせがなさそうな風体の、頑強な男達を相手に、命を賭してまで襲おうとはせぬでしょう」

皆、声を出して笑った。

「それもそうだ。物取り、山賊の類は倍の数でも、鬼庭袋殿、今井殿で間に合うことだろうて」

工藤祐長が笑うが、すぐ真顔になり、

「ただ、追手の場合は話が違う、数は二十人を下らないだろうし、それも手錬を集めているはずだ。まともに戦うと当方も犠牲が出ることは必定である」

「決行は三日後とする。油断なきように」

佐々木繁綱が続けた。「信廣様、よろしいですか」

「分かった。皆、頼むぞ」


支度を整えて、今朝の出奔となる。

繁綱が「そろそろ行くか」と立ち上がった。

日暮れまでに山越えをし、湖まで出て、京まで三日。人混みの中に紛れるまで油断はできない。京から、伊賀の里まで三日。そして鳥羽まで三日。鳥羽から船で東国まで、四日ほどあれば着くだろうと繁綱は考えていた。

六人はただ無言で歩く。各々これからの己のことを考えているのか、追手のことを考えているのか、ただただ黙々と、淡々と、しかし少しの澱みもなく歩む。常人の小走りほどの速さであろうか、しかもこの獣道を速度を落とすことなく歩むこの者達は、やはり尋常ではない。

一行は、下田より険しい海岸沿いを北に急ぎ、鎌倉に入った。

伊賀の里から、忍びの竜蔵が配下五人と共に、一行の警護のために鳥羽までついて来たのだが、そのまま、鎌倉まで共に来た。

どうも小平知信が心配なこともあるが、それ以上に信廣に惚れ込み、勝手に家来を決め込んでいるようだ。

彼らにしても、余りにも貧しい山里暮らしから抜け出たいのだろう。唯一、今が抜け出る機会と考え、信廣に賭けたのかも知れない。忍びの者が活躍する戦国時代がすぐそこまで来ていることを、彼らは知る由もない。

鎌倉の町並みは、京の都とまではいかないが、さすが武家の都である。結構な賑わいだ。

佐々木繁綱が信廣達を待たせ、知り合いの商家に交渉してくると言って出かけた。

「これがそうか……」

鶴岡八幡宮の境内で待つ信廣は、以前は文化と政治の中心であった鎌倉、その鎌倉の象徴でもあり、東国の鎮守でもある鶴岡八幡宮を感慨深げな目で眺めていた。

今でも武門の儀式はここで執り行われると聞いたことがあった。

自分の先祖達が、この地より、鎌倉幕府を開いたのか……。佐々木繁綱がここに自分を連れて来たわけが分かったような気がする。

自分もいつか、若狭の国に戻ることができるのだろうか。征夷大将軍、源頼朝公の所縁の社殿を眺め、「わし（私）もいつの日か、頼朝公のごとくありたいものよ……」と思う。

急ぎ足で繁綱が帰って来て、「信廣様、話がつきましたので、参りましょう」と先に歩きだした。

鳥羽の湊での船の手配、そしてこの鎌倉といい、どこでも手蔓があるのか、信廣は、繁綱の顔の広さに驚かされるばかりである。誰かを使っているのか、単独なのか分からないが、今は繁綱に任せようと思っていた。

大通りを路地に入り、裏口から商家に入る。手代と思しき男に離れの部屋に案内された。縁側で旅支度を解いていると、この屋の主が挨拶に来た。

「佐々木様より話はお聞きました。いつまでもご滞在ください」

「よろしく頼みます」

信廣にならって皆もいっせいに頭を下げた。

繁綱は信廣のその仕草を微笑みながら眺めていた。それというのも、信廣は成長と共にだんだんと反抗的になっていったのだった。

その理由は義弟信親の誕生である。それを期に、家臣達が信廣を腫れものに触るように扱い、陰で憐れむ者、同情する者、悪態をつく者と様々であった。

子供心にも自分の置かれている立場が分かってきた。そして、母の死がさらにこの年頃の少年の心を粗くした。この頃より、信廣は義父にも頭を下げることはなくなった。

それからは行いが粗暴になり、側近の佐々木繁綱、工藤祐長らを困らせることが多々あったが、歳と共に、信廣つきの家来は味方で、自分のことを心から心配していると分かると、だんだんと素直になってきた。

若狭を出てから、成長してきたのか、それとも元々備わっていたものなのか、見違えるほどの変化であり、誰が見ても一廉《ひとかど》の武士になった。

佐々木繁綱から見ても、信廣は文武両道であり、剣術、馬術、弓道と武芸百般に透で、現在は誰も敵わないほどの腕であった。

弓は五人張の強弓を引くと、若狭の国でも噂に上るほどの腕であった。


数日経ったある日、店から怒鳴り声がした。

ただならぬ気配に信廣が覗いてみると、浪人が四人ほどおり、その中の一人が、主の胸倉を掴み、傍に使用人の娘がうずくまっていた。

「何事ですか」信廣が聞いた。

「手前は誰だ」浪人が舐めるように見る。

「この家の主人《あるじ》の縁者の者ですが、いかがしました」と答える。

「この女子《おなご》が拙者に水をかけおった」

「水をかけてなんかいません」娘は小さな声で言うと、助けを求めるように、信廣を怯えた目で見た。

言いがかりをつけ、なにがしかの金子にありつこうという魂胆か……。

「かけてない、と言ってるがな」

「何、貴様、ふざけているのか、表に出ろ」

「仕方ないか」信廣は言い、浪人と共に表に出ると、何事かと野次馬が集まりだしていた。

浪人が抜刀すると、佐々木、工藤、小平、鬼庭袋が慌てて信廣の前に出た。

浪人は、突然出てきた屈強な男達にギョッとした顔で「何だ、貴様らは！」と怒鳴った。

「皆、手を出すな」と信廣は言うと、鬼庭袋の持っている木刀を取り、浪人に「では稽古しますか」と声をかけた。

「ふざけるな」と浪人は大上段に信廣めがけ切りかかった。

信廣は軽く身をかわし、胴を抜き返す木刀を、もう一人の浪人の喉仏の前にピタリと止める。

浪人は慌て、のけぞり、尻もちをついた。

信廣はその木刀をゆっくりと、唖然としている浪人の正面に向け、「まだ稽古をしますか」と聞いた。

「いや、もう結構でござる」と言い、浪人達はその場をあたふたと立ち去った。

野次馬は大喜びである。

「やんやの喝采」とはこのようなことを言うのか。信廣は照れたように店に戻った。

日に日に武田信廣の評判は、尾ひれがつき、市井に高まっていった。

「鎌倉も住み難くなったな」信廣が言う。

「今、手だてを考えております」佐々木繁綱が思案顔で答えた。

そんなある日、関東公方足利成氏より使いが来た。

信廣は、佐々木繁綱を供に出向いた。

「武田彦太郎信廣と申します」

「成氏じゃ、武田殿の噂を聞き、一度会うてみたいと思っていたのだ」

信廣は面を上げ、足利成氏を見た。若い、まだ十五、六歳ほどか。利発さに満ちた色白な顔に笑みを浮かべ、真っ黒に陽焼けした信廣を眩しそうに見て言った。

「若狭之国から来たとか」

「故あって国を捨てました」と笑顔で答えると、

「そうか、国を捨てたか。難儀したようだな」

「公方様ほどには」と笑顔で答える。

「武田殿、予の力になってくれぬか」

「お言葉はありがたいのですが、追われるこの身、公方様に迷惑が及ぶやも知れませんので」

足利成氏は幼少から時代の波に流れ、鎌倉府再興の旗頭にされるなど各武家の思惑に翻弄されていた。

室町幕府の管領が細川勝元に代わると、足利成氏への、風向きがおかしくなっていた。

「そうか、無理か」本当に残念そうに成氏は言った。

不遇な生い立ちを感じさせぬその素振りに、世間で言われている愚鈍さはない。

信廣が感じたように、これから後の成氏を見ても、しぶとい生き様であった。

丁重に断り、帰途につく道すがら、「若、鎌倉も窮屈になってきましたね。急がねば」と繁綱は言った。

「繁綱よ、公方様は幕府の管領の細川、関東の管領の上杉との三つ巴を、あの若さでさばくのは至難の業であろう」歩みを止め、信廣は続けた。

「あの若さでどう考え、いかに動くかを決断せよとは酷なことであるが、あの御仁はうまく切り抜けることだろう」


翌日、今度は関東管領、上杉憲忠より呼び出しがあった。

上杉屋敷に向かうと「武田殿、公方様とお会いしたとのことですが、どのようなご用件でしたか?」と、どこで聞きつけたのか、上杉憲忠が聞いてきた。

「はい、仕官のお誘いでした」

「それで何と」

「丁重にお断りしました」

「それでは武田殿を上杉に、というわけにいかぬな」

「はい、鎌倉を出ようと思っております」

「どこへ行かれるか」

「まだ決めかねております」

「それならば遠いが、南部殿がよかろう」

　上杉憲忠は恩着せがましく添え状をよこした。

　信廣は皆を集め、ことの成り行きと、鎌倉を出て奥州に向かうことを話した。

　奥州に行くことを佐々木繁綱らが反対しなかったのは、勝手が分かる奥州がよいと考えたのか、さすれば奥州の出か……。ふと信廣は思った。

　信廣一行六人、草の者六人、計十二人は鎌倉を後に奥州に向かった。

　同じ時期に若狭では、父の信賢、養父の国信は追手を出すことを断念すると共に、信廣を廃嫡し、若狭守護武田家より全て抹消することにした。

奥州の戦い（南部氏との戦い）

享徳元年（一四五二年）初冬。

地の果て陸奥、それも奥陸奥、津軽へ、遠くの山々が白くなり陸奥の風が冷たく吹き荒ぶ中、信廣一行は枯葉を踏みしめながらたどり着いた。

上杉憲忠の添え状を持たせ、使いとして佐々木繁綱と今井吉兼を南部氏の居館、聖寿寺館に向かわせると、すぐに会いたいという返事であった。

信廣が聖寿寺館へ出向くと、南部光政は主だった家臣をすでに集めており、旧知の仲であるような歓待振りであった。

鎌倉の上杉殿からの連絡か、信廣一行の足取りをすでに知っていた様子である。

「武田信廣と申します」

「武田殿、よう来られた」

「事情がございまして、若狭を捨てることに相成りました。南部殿がよろしければ、家臣の端にでも置いてくだされればありがたいことです」

すかさず光政は「信廣殿、拙者に任せてくだされ。皆の者、私の縁者が遠方より来た。

頼むぞ」と、家臣一同を見回した。

信廣は居並ぶ家臣に「よろしくお頼み申す」と頭を下げた。

「信廣様、南部殿の歓待、少し変ですね」

「繋綱よ、南部殿は一癖も二癖もありそうな方だ。何か企んでいるやも知れぬ、用心せよ」

「いずれにせよ、今はこんな屋敷まで用意してくれた南部殿に感謝、感謝」と鬼庭袋義宗は笑った。

「しかし、これほど我々を歓待するは、何か南部殿に思惑があるのだろう。その思惑とはいかなるものか。皆で調べてみてくれ」

それから数日経ち、皆が集まった。

小平知信が言った。

「大分様子が分かって参りました。津軽安東家は安東一族の惣領家でありますが、南部氏との勢力争いにより敗れ、蝦夷地に敗走したそうです。この戦で庶流の安東政季は捕まったはずが、先代の南部助政殿は、弱冠十五歳で奮戦した安東政季の武勇を惜しみ、南部水軍の本拠地の宇曾利（下北半島）の田名部（現青森県むつ市）を任せたようです」

珍しく饒舌になっていた。

今井吉兼が膝を乗り出して言った。

「田名部を領地とした安東政季のところには、元安東氏に仕えた人々が集まり、急激に勢力を伸ばしていったようです。先代の南部助政は豪胆豪快な将で、敵将であるものの有能な安東政季を気に入り、傘下にし、その安東政季が成長著しいと、そこまでは美談で終わるのですが……」

繁綱が「吉兼殿、今日は随分と口が滑らかですな」と言うと、皆から「そうだ、そうだ」と囃された。

「話はここからです。ここからが大事です」と言うので、また笑い声が出た。

「十六代当主、南部助政殿が没し、当代の南部光政殿に代わると、猜疑心の強い光政殿は安東一族の仇である南部に反旗を翻す日が近々来るのは必至、と思うようになり、何としても安東政季を亡き者にし、田名部を自分の手にと画策をしているようなのです」

「そこに都合よく我々が来た。渡りに船か」

「このまま南部殿の動きを見ることにしよう」

それに、と信廣は思う。安東政季という御仁も会ってみたいものだ。「頭」と隣の間に声をかけた。

静かに襖が開き、伊賀の竜蔵が出て来た。

「頭、寒いのにすまぬが、安東政季の評判を探ってくれぬか」

「分かりました。では早速に参ります」襖が静かに閉まった。

「冷えてきたな」佐々木繁綱がぽつりと一言。

「飲みますか」鬼庭袋義宗が飲む仕草をすると、皆も「そうだな」と笑った。

雪が降っては止み、止んでは降る日が続いた。

年が明け、年頭の挨拶に聖寿寺館に信廣が行くと、すでに南部光政は年賀の挨拶を受け酔っていた。信廣を見るとすぐに、「信廣殿、よう来られた」と手招きした。

「皆の者、我が親類、武田信廣殿である。清和源氏義光流であり、出目は我が南部と同じである。若狭守護の武田信賢殿の嫡男であるが、故あって陸奥に来た」

「武田信廣でございます」

挨拶をすると席がざわついた。信廣一行はここ陸奥でも評判になっているらしかった。

数日降った雪が止んだある日、珍しく朝から日が射す暖かい一日であったが、夜になると厳しい冷えになった。

底冷えの静寂の中に、微かに雪の泣く音がする。それが信廣の部屋の前で泣き止んだ。

「頭か」

「はい、ただ今戻りました」

「寒いだろう、上がれ」

信廣は「知信」と家臣を呼んだ。何事かと小平知信が駆けつけた。

頭の他に三人いた。竜蔵と草の者達を見ると、信廣は言った。

「ご苦労、寒かったろう。知信、火と酒と、温かい食い物を支度させろ、皆も呼べ」

皆がそろうと、竜蔵は「まず安東政季殿ですが、文武両道兼ね備えたお方のようです。宇曾利田名部の民、元安東家の家臣、はたまた南部の家臣まで悪く言う者はおりません。宇曾利の田名部は南部水軍の基地で、蝦夷地との交易にも大事な湊だそうです」

頭は続けた。

「南部光政殿は元敵将の安東殿が田名部を握っているのが喉に刺さった棘か、目の上のたんこぶか、いずれにしても邪魔者、取り除きたいようです。

交易から得る金品は莫大であり、十三湊の本家、安東盛季殿は、先代の南部助政殿に戦に敗れると、蝦夷地に逃げ込んでしまった。さりとて捨て置くと勢力を増し、棘とかコブでなく、南部の脅威となると、誰かに入れ知恵されたのかも知れません」

「そうか。それで我々を安東政季の楯にし、攻め込む際の先鋒と考えたのだろう」

工藤祐長は苦々しそうに言った。

「これでおおよその南部殿の腹が読めてきたわい。して安東政季の兵力は？」

「だいたい見たところ、最大で一〇〇〇人ほどかと」竜蔵が答える。

「南部殿はいかほどだ」佐々木繁綱を見ると、

「戦になると、南部殿は備えを置いても六〇〇〇は出せましょう」繁綱は即、答える。

「一〇〇〇に六〇〇〇か。戦にならんな」工藤祐長が吐き出すように言った。

陸奥にも遅い春が来た。雪が解け、氷が解けて川の流れに乗り、海へと運ばれる頃に、信廣のところに南部光政より呼び出しが来た。

急いで聖寿寺館に向かうと、

「武田殿、宇曽利（下北半島）の田名部の隣に、蠣崎という領地がある。そこを治めて欲しいのだが、どうだろう」

南部光政は信廣の顔を覗き込むように見て言った。

「ありがたいことです」と答えると、

「それで一つ頼みがあるんだが、田名部に父上が取り立てた安東政季がおり、父上が亡くなると、謀反を企て軍備や兵の増強を図っているふしがある。そこでだが武田殿、十分眼を光らせてくだされ」

屋敷に帰ると皆が集まった。

「信廣様、南部様は何と」

小平知信が身を乗り出すようにして聞いた。

「我々の思惑通りだ」

繁綱が「どこですか」と聞いた。

「蠣崎を治めよと」

「やはり蠣崎か。安東政季の田名部方面以外全て海か」

「安東が勢力拡大に南下すると三戸で迎え討ち、後ろから我らが襲うと挟み撃ちできる。

よって安東政季は迂闊に動けなくなる勘定だ。うまく考えたものよ」

信廣は言って笑った。

「安東政季に隙あらば攻め、挟み撃ち、いざという時は我らを捨て石にと考える。なかなか、南部様も策士ですな」

工藤祐長がつぶやくように言った。


蠣崎に就く途中、隣接する田名部の領主、安東政季に挨拶に寄った。南部光政より連絡はとうに来ているはずである。

政季は十五歳より戦場を駆け回り、敵である先の南部家当主、南部助政に武勇を認められ、領地をもらうほどの人物である。

初めて会ったにもかかわらず、政季という男、信廣の目には剛胆で頼もしく映った。

「故あって南部殿に厄介になり、蠣崎を治めよとのことで、蠣崎に向かう途中にご挨拶と思い寄らせてもらいました」

「貴殿が武田殿か。かねがねお噂は聞き及んでおります。困ることあらばいつでも相談してくだされ」

安東政季の短い言葉だが、初対面とは思えぬ親しみを覚えた。

蠣崎は海と山に囲まれた、若狭と似た匂いのする、住みよいところのようであった。

信廣は先に、準備のために蠣崎に入っていた。将兵五十余りと連れて来た約一五〇の兵力、合わせて二〇〇ほどが、南部光政より預けられた兵であった。

さらに、地元の有力者、見識者を集め、地形、家屋数、人口、畑、海産物、山林の樹木などの調査をし提出を求めた。

佐々木繁綱、工藤祐長、今井吉兼らと領地内を隈なく回り、集落の大きさ、湊の規模及び活気、耕作地、山林を見て歩き、地元の調査結果と照合し、不明な部分は再度調査をした。各部落の人口及び生産性と経済状況、それに伴う兵役の関係も考えた。

そして信廣は、佐々木繁綱の情報分析を基に、この領地の治め方を決めていった。思っていたより生産性があり、経済状況もよい。領民にも無理な課税をせずに治めていくことができそうだった。

領地も安定し、北国にもようやく夏が来た頃、南部光政より「打ち合わせをしたいことがあるので、ご足労願いたい」と言ってきた。

信廣が聖寿寺館に出かけると、光政は「武田殿、田名部の安東殿の動きに変化は見られないかな」と聞いてきた。

「特にこれという動きはないですね」

「以前にも話したが、近頃、安東政季の動きが妙に反抗的で、反旗を翻すのは時間の問題と思われる」

「しかし、一〇〇〇人足らずの兵で、謀反とは、少し無謀と思われますが」

「秋田の安東辺りと呼号し、十三湊辺りにも安東の残党が集まっているとの情報もあるのでな。また、目と鼻の先の蝦夷地には安東本家の安東盛秀がいる。このまま捨て置くと、陸奥の海は全て安東に握られることになる。よって田名部攻めをするので、戦の支度をし、指示を待て」

南部光政は高飛車に出た。問答無用と言いたげである。

信廣は急ぎ蠣崎に帰り、知信に皆を集めさせた。

障子を開け放しても暑い。時々、浜風が汐の香りを乗せて吹き抜けるが、北国の短い夏を貪るような蟬の声がうるさかった。

蠣崎に来てから、南部光政よりも安東政季と誼《よしみ》を通じるようになってきた矢先である。安東政季か、南部光政か。信廣は自問自答した。

安東政季が南部氏からの離脱を考えていることは前から分かっていたが、政季が腹を決めたのは、蝦夷地を支配する一族の安東盛季（蝦夷地茂別館）が政季を後継者に望んでいたことと、彼を助けてくれた南部助政が死に、嫡子の光政が後継者となると、勢力が拡大していく政季に警戒心を持ち、領地を取り上げる画策をしていることを知った昨年頃からだろう。

昔のように安東家が津軽に覇を唱えることを夢見ていたのだろうが、南部の勢力は拡大し、宇曾利の一部の領地では、南部には反旗など無理と悟ったのだろう。

庭から、廊下から話し声がし、足音が響く。

蝉の声と、心地よい浜風を止めるように、佐々木繁綱が低い声で「南部殿より、田名部の安東政季を攻めるとのことである」と皆に言った。

「これから、我々はいかに動き、いかに生きていくか、皆それぞれに思案してくれ。南部でも、安東でもよい。皆で考えてくれ」

信廣はそう言うと広間を出た。

その夜、「安東政季様が内密に会いたいとのことで、蠣崎に参っております」と小平知信が来た。

「そうか。皆を内密に集めよ」

そう言い置いて信廣はすぐに安東政季のいる商家に向かった。

初対面の時以来、信廣は安東政季と友好な関係を築いてきた。

「武田殿、突然参り、申し訳ない」

「南部殿のことですね」

「いかにも」

「武田殿は先日、聖寿寺館に参ったそうで」

「はっきりと申し上げます。南部殿は田名部を攻めます」

「よほどこの奥陸奥が欲しいのでしょう」と安東政季は笑った。

「南部水軍の要の地ですからね」信廣も笑う。

「これでまた、振り出しです」

安東政季は笑うとも泣いたとも取れるような声で言い、下を向いた。

「身一つで蝦夷地に逃れるしかないのか。あと半月、いや十日あれば……」安東政季は呻いた。

「武田殿、助成願えませんか」

突然叫ぶように安東政季は言ったが、「さりとて武田殿にお礼する物は何もない」と頭を垂れた。

そして静かに話しだした。

「南部の先代も拙者の武勇を惜しみ領地を与えたと世間では言われていますが、実際のところ、安東水軍を散らすとあちこちに火種を蒔くようなもの、それならば神輿を置き、そこに残党を集めて置くことで、北の海の安定を図ることにしたのです。その神輿が拙者なのです」

安東政季の苦笑いを見て、信廣は尋ねた。

「先代の南部助政殿はなかなかの人物と聞いておりますが」

「目的はどうであれ、傀儡《かいらい》の私を可愛がり、実の父親以上でした。それがまた、お子の光政様には不快だったのかも知れません。しかし敗れた安東も忘れることはできずにいたのも確かですが、南部助政様は命の恩人。刃向うには、余りにも人の道を外れると思っていました。また、助政様の嫡子の光政様にも恩義を感じていましたが……」

安東政季はため息をつき、信廣の顔を見て、

「事ここに至っては南部には未練はなし、さりとて、行き場所は蝦夷地しかありません。先の十三湊の戦で安東が敗れてなお、拙者を慕って田名部に来た兵と民を残しては行けません」

安東政季は悲痛な声を絞り出した。

「武田殿、重ねて頼みますが、何とぞ我らにご加勢のほど、お願い申し上げる」

親子ほどに歳が違う安東政季に手をつかれ、若狭の父の顔が一瞬、信廣の頭をよぎった。そんな馬鹿な。俺は若狭を捨てたのだ、いや、俺が若狭の国に捨てられたのだ。何を今さらと、走馬灯の灯りをかき消した。

「安東殿、拙者にも己の明日をかけてつき従う者達がおります。その者達の腹を聞きますので、暫時お待ちくだされ」

そう言って信廣は立ち上がった。

別室で「信廣様のお考えは」と、繁綱が聞いてきた。

「聖寿寺館からの帰途、考えたが、安東政季殿の抑えに体よく使われ、常に猜疑の眼差しで見る姑息な南部光政殿に仕えても、捨て石に使われ、日の目を見ることはないだろう」

繁綱が言う。

「しかし南部は六〇〇〇人以上、対する安東は、我らと合わせても一三〇〇ほど。勝ち目はありません」

「承知の上だ。しかし、南部殿に連なっても、近い将来、我々は戦場の露と消えるか、いつかは安東殿の二の舞か……と気の休まる時がないだろう。余りにも南部殿には実が見えぬ」

「潔く戦場の露と消えるのならそれはそれでよい。しかし背中より突かれるのはたまらん」

鬼庭袋義宗は槍で突く真似をする。

繁綱が姿勢を正し、信廣の前に手をついた。

「我々一同、若狭を出る時にとうに命は捨てております。信廣様の思う道を進んでくだされ。我ら、どこまでもついて参ります」

それで全てが決まった。

「皆の腹は分かった。その命、この信廣、確かに預かった。我ら、これより安東政季殿にお味方いたす」

「お！」雄叫びが低く部屋に響いた。

信廣は繁綱を伴って安東政季のいる部屋に再び向かい、座るなり、

「安東殿、我らの腹は決まり申した。安東政季殿にお味方いたす。いかようにも使ってくだされ」

安東政季は涙を流さんばかりに喜んで手を取り、何度も礼を言った。

「安東殿、蝦夷地に渡る段取りができるのに幾日必要ですか」信廣が尋ねた。

「大畑湊に船を集めるには最低半月はかかります」

「南部軍が田名部に攻め入るのは十日間ほどかかるでしょう。南部軍はすでに八戸を発っていると思います」

安東政季が「間に合わんか」と一言発した。

「まずは時間稼ぎが必要でしょう。南部軍は、おそらく安東殿の手勢は一〇〇〇に満たなく、武田信廣が三〇〇、だから本体は二〇〇〇もあれば十分と思うはずです」佐々木繁綱が続ける。

「南部が攻めてきたら、安東様の居館を空にし、見せかけの兵を蠣崎方面に一〇〇ほど走らせ、逃亡したと見せかけます」

「南部軍は間違いなくその兵を追うはず。安東様の本隊は途中に潜み、南部の背後より……」

佐々木繁綱は安東政季の顔を見る。

「不意を突くということか」安東政季が言う。佐々木繁綱が大きくうなずく。

「南部兵は動揺し、逃げ惑う。しかし兵力の差は歴然であり、態勢を建て直し、反転して安東軍に襲いかかることでしょう。その時、擬餌の兵一〇〇と我が軍が、反転した南部軍の背後から襲う。南部軍はおそらく、一時立て直しを図り、聖寿寺館に後退するはずです。そのすきに即、蝦夷地に渡海する」

信廣がそこまで言うと、安東政季は、

「武田殿、見事な策、船はこれよりすぐ集めます」


武田信廣と安東政季が密約を交わした数日後、聖寿寺館より早馬が来た。

「田名部に攻め込むので逃げ道は蠣崎方面のみ、敗走した安東の兵は挟み討ちにし、一兵たりとも生かして川内川を渡すな。安東は全滅させろ。根絶やしにする。よって川内川で待機せよ」との一報だった。

信廣は即刻、安東政季に使いを出し、手筈通りに願いますと伝えた。

南部軍は二二〇〇。それと武田軍三〇〇で二五〇〇。対する安東軍は一〇〇〇である。

南部光政は檄を飛ばした。

「よいか、一気にかかれ。安東軍は二倍以上の我が軍に恐れをなし、館を捨て敗走するはずだ。無理をして兵を失うな。蠣崎村方面に追え。後は若狭の親類に任せろ。そのために今まで養ってきたのだ」

南部軍は安東政季の居館に襲いかかるが、誰もいない。

全くの空だ。そこに蠣崎方面に安東軍が逃れていると報告が入った。

南部軍は追撃態勢に入り、蠣崎方面に向かって進撃した。

安東政季は館を空にし、囮に一〇〇の兵を蠣崎方面に向け、南部軍に追わせるという信廣との打ち合わせである。

南部軍は見事にその策略に乗り、安東軍を追撃した。

それを見て安東政季は「この期を逃すな、進め！」と叫び、南部軍に後方より襲いかかる。南部軍は混乱し逃走するが、川内川手前で何とか態勢を立て直すと反転し、安東軍と対峙した。

しかし、南部軍はすでに五〇〇人以上の死傷者を出し、士気が上がらない。

反転すると同時に、川向こうに靡《なび》いていた南部の旗が、突然降ろされた。

安東軍と、味方のはずの武田軍の旗が上がると同時に、武田軍三〇〇が南部軍をめがけ、川を渡り突進して来た。

南部光政より預かった将と兵は二〇〇だが、南部を見捨て、信廣について来た一〇〇ほどと、領地の蠣崎で集めた兵一〇〇、そして安東の一〇〇の、計三〇〇が、動揺する南部軍に襲いかかる。

士気が上がらず、怯えすらある南部軍には、その数は五〇〇とも一〇〇〇とも思えただろう。安東軍八〇〇と武田軍三〇〇に挟まれた南部軍はただ、逃げ惑うのみであった。

倍の兵力の南部軍は完全に戦意喪失。敗走し、聖寿寺館に逃げ帰った。

しかし南部軍は陣を立て直し、今度は油断なく五〇〇〇以上の兵力で一気に攻め込んで来るはずだ。そうなったら到底勝ち目がない。

後は即、安東政季との手筈通り、蝦夷地に向かうのみである。

蝦夷地への渡海

享徳三年（一四五四年）秋。

安東政季は、船の段取りはすでに、弟家政の補佐役である河野政通に命じてある。後は武田軍をいかに早く渡海させるかだ。

河野正通が、何とか武田軍の渡海の目途がついたと報告が来る。

報告を受けると即、安東政季は大畑湊から渡海し、蝦夷地の茂別館（現北斗市矢不来）に入った。

一方武田軍。目を凝らして沖を見ていた工藤祐長が「船が来ました」と館に駆けてきた。河野正通が蠣崎沖に船舶を回してきた。武田信廣は、蠣崎の館で捕えていた南部の兵、一〇〇人を解放した。

信廣の心情と心意気に惚れ、自らの未来をかけ、軍資金、馬、船と用立てた地元の網元、豪農、地主なども、蝦夷地に渡りたい者は乗せた。その数、約五〇〇人を、船団は蝦夷地上之国にと舳先を向けた。

陸奥湾、平館湾、津軽海峡を経て、日本海に出ると、帆先を蝦夷地上之国（現檜山郡上ノ国町）へと向け渡海した。

「若、若」と呼ぶ工藤祐長の声がする。信廣は起き上がり、景色を見た。

「あれが、上之国だそうです」

湾の中にゆっくりと船は入っていく。

湾は綺麗な楕円を描き、海岸線五里ほどの中に、左右一里ほどの岩場だろうか、後の四里は砂浜で、その砂浜に大きな河口がある。後に天の川（天河）という名だと知る。

船着き場に適した場所もいくつかあるようだ。

磯舟と定置網の親船に乗り換え、陸に上がると、安東政季からすでに連絡があったとみえ、そこには花沢館主の蠣崎季繁が出迎えに来ていた。蠣崎季繁とは昨年、田名部の安東政季の館で一度会っていた。

それ以来、蠣崎季繁は、武田信廣というこの若者、若狭の守護職武田家の血で五人張の弓を引く、安東政季も惚れ込んでいるというこの男に強く惹かれていた。養子にと考え、数ヵ月前に安東政季に相談したのである。すると、政季は「娘の季子を武田殿に嫁がせたいと思っていたのだ」と言った。

「そうでしたか。それなれば姫を拙者の養女にいただき、武田信廣と娶《めあわ》せ、後に蠣崎を、という仕儀は無理でしょうか」

「しかし、武田殿は、今はわけあって奥陸奥に来ておられるが、若狭之国守護職した武田家嫡子である」

政季は大きくため息をつき、「まして南部の客将である今は難しいだろう」

「そうですね」と蠣崎季繁もため息をついた。

「わしも惚れたが、季繁の惚れようも尋常ではないな」安東政季が笑った。

その武田信廣が今回、安東政季の味方になり、この地に来る、絶好の機会である。

信廣は天の川の河口で下船し、迎えに来ている蠣崎季繁の前に来た。季繁は信廣の手を取り「よう参られた、信廣殿。待っていました」と言った。

「世話をかけます」と信廣が礼を言った。

南部との戦いの顚末を話しながら、花沢館までゆっくりと歩いた。

その夜、花沢館は大歓迎会を催し、蠣崎家、武田家両家の家臣の紹介から始まり、夜半まで続いた。

この地、上之国は、蝦夷地でも雪が少なく、風は強いが比較的温暖であること、蝦夷地は正確な数は分からないが、アイヌ民族が四十万人以上も住んでおり、倭人は一万から二万人程度で、それも南西部の海岸線（現在の渡島・檜山地方）が主であることを蠣崎季繁から聞いた。

翌朝、信廣が挨拶に蠣崎季繁に会うと、

「武田殿、早速で申し訳ないが、相談致したいことがござってな」

「何なりと」

「実は武田殿をわしの養子にと以前から考えており、政季様にも申し上げておいたのじゃが、政季様のご息女、季子様を養女にし、武田殿に娶せ、蠣崎家を頼みたいと考えておりました」

蠣崎季繁は、言葉を噛むようにゆっくり話した。

「武田殿にすると、陸奥の豪族安東氏の庶流で、蝦夷地に逃れたその家臣の蠣崎家。決して良縁とは言えないだろうが考えてみてください」

頭をかきかき、蠣崎季繁は言った。

思案顔の信廣を見て、

「今すぐというわけではないし、あくまでも当方の都合でござる。思案の上、返答くださればいいです」

蠣崎季繁は微笑んで言った。

信廣は、佐々木、工藤、小平、鬼庭袋、今井、竜蔵を前にして言った。

「皆に相談なのだが、蠣崎殿より養子にとの話があったが、皆、どう思う」

少し間ができる。

「若は、どのようにお考えですか」

佐々木繁綱が聞いた。

「今、こうしてささら者（賤民）のような生き方をし、皆に苦労をかけているのも、父と養父による仕儀がゆえである。父を持つことに、いささかの引っかかりはある」と信廣は目を閉じた。

「若狭に帰ることはいずれにせよ、無理であろう。しからば、この蝦夷地に骨を埋める覚悟をしなければならぬが、皆、どう思うか。忌憚なき腹を言ってくれ」

「若の思うように生きなされ。我ら一同、明日に蝦夷地の露と消えてもいささかの恨みもなし」

佐々木繁綱の言葉に、一同うなずいた。

「分かった。この養子縁組み、快諾致す」

「この蝦夷地で生きていくとなれば、安東政季様、蠣崎季繁殿の後ろ盾は絶対に欠かすことはできないでしょう」佐々木繁綱は言った。

「何より、蠣崎季繁というお方に、非常に豪快ながら優しい人柄を感じ取った。もう一度、父と呼べる人を作ってみようと思うのじゃ」

信廣が言うと皆、目に涙を浮かべ何度もうなずいた。

コシャマインの乱

康正二年（一四五六年）夏。

信廣は、安東政季の船団と箱館で合流した船隊十二槽が、穏やかな海上を帆をなびかせ沖に出て行くさまを眺めていた。

政季は一族の秋田湊（現秋田県）を治める安東堯季に請われ、小鹿島（秋田県男鹿市）に渡るため、一〇〇隻以上の船を、箱館に集結させていた。

政季は非常に人望があり、政事にも秀でた武将である。南部家離脱の際も一族郎党、有力武将の全てがつき従い、敵である南部の武将の兵さえも、一部ついてきたことでも分かる。

安東政季は、蝦夷地を離れるに当たり、茂別館に皆を集め、蝦夷の支配地を下之国、上之国、松前の三ヵ国に分け、守護代を置いた。弟の安東家政に下之国、補佐に河野政通を、松前は一族の安東定季で、補佐は相原政胤とし、上之国には蠣崎季繁を守護代に、武田信廣を補佐とした。

蠣崎季繁は、すでに安東政季の娘、季子を養女とし、信廣と結婚させせ、蠣崎家を継がせることとし、昨年祝言を挙げたばかりだった。

安東政季は、蝦夷地の守護職を全て安東一族にし、陸奥の日本海、津軽海峡と、大きな水軍を持たない当時としては、北方制海権を得たようなものであった。

その後、政季は秋田檜山の家督を継ぎ、後世の戦国時代に湊安東氏を併合し、秋田安東となり、東北の一豪族より大名となるのである。


天の川の河口を出た船団が大間の岬を出ると取舵を一杯に切り、小さな帆となり次々と波の谷間に消えていった。

安東政季が蝦夷地より去る時になって、運悪くアイヌとの諍いが発生した。

アイヌに不穏な動きが見えると知らせが入り、信廣の胸中を不安がよぎった。

「アイヌの動きが活発なのが気になるな」

「下之国ではアイヌが村を襲い虐殺しているということです」

佐々木繁綱は心配そうな眼差しで信廣を見た。

「村人が十二館に次々と逃げ込んでいる模様です」工藤祐長も心配顔である。

「当館の花沢館にも下之国守護、茂別館主安東家政、宇須岸館主（現函館市元町。以後「箱館」と表記）で守護職補佐河野政通と、志苔館主の小林太郎左衛門から、アイヌに攻め込まれたら助力のほどよろしく頼む、との依頼が届いている」と蠣崎季繁が言うと、

「頭の竜蔵からも、南西部、南東部のアイヌ達がオシャマンベのコシャマイン酋長の元に

出入りが多いと知らせが来ている」

小平知信が独り言のように言い、皆もうなずいた。

「おそらく、来春の雪解けを待って参集し、我々の十二館に攻め入るつもりなのだろう」

鬼庭袋が「クソ！」と膝を叩いた。

戦の発端は、志苔（現函館市）で康正二年（一四五六年）春、鍛治屋村にアイヌの少年がマキリ（短刀）を注文し、その値段と出来ばえで言い争いとなり、鍛治屋がアイヌの少年を、そのマキリで刺し殺すという事件が発生したのだ。その仕返しとばかりに、アイヌは村を襲い、倭人を女子供まで皆殺しにしたのだ。

これがコシャマイン率いるアイヌとの戦いの直接的原因であるが、その背景に、倭人が村落を作って暮らし始め、アイヌの領域を侵食しだすと、必然的にアイヌとの軋轢が生じはじめる。

交易の形態も変化し、アイヌは倭人に対して不信感を持つようになり、それが危機感へと変わり、やがて敵対心となった。

そのような状況下では、一触即発の火種はどこにでも転がっていた。

蠣崎季繁が「たがが」マキリ一本のことでアイヌの子を殺し、その報復にアイヌが男ばかりか女子供まで皆殺しとは」と、肩でため息をついた。

「拙者など、若狭之国に生まれ育ちアイヌの存在すら知らなかったものですから、今まで、いろいろと蝦夷地のことを皆に教えてもらい、聞き知ったようなわけです。蝦夷地は全部安東家の領地と思っていたものですから」と言って、信廣は頭をかいた。

実際、信廣は、蝦夷地の姿を知らなかった。

源頼朝に敗れた藤原氏、また南部に敗れた安東氏の残党が多く渡海し、この蝦夷地が大きく変わっていた。

北の海を縦横無尽に交易して歩く、海の民とでも呼べばいいのか、蝦夷地に住む倭人の多くは、寒さで稲も育たぬため、多くの土地を必要とせず、交易を生業としていた。


オシャマンベ（現山越郡長万部町）のチャシ（砦・海産物の集積場・見張場）に、東南部、南西部の族長達が、コシャマイン大酋長を中心に輪になり座っていたが、誰の顔も暗いのは、灯りの少ない屋内だけが理由ではないようであった。

一連の倭人との経緯がコシャマインの耳に入ったのは康正二年（一四五六年）、蝦夷地の短い夏も終わり、遠くの山々が色づき始めた頃であった。

三ヵ所のチャシの長が若者数名を連れ、コシャマイン大酋長に会いに来た。

そしてコシャマインの顔を見た途端、膝をつき「誠に申し訳ありません」と言った。

コシャマインがわけを尋ねると、長はマキリ事件のあらましを話し、続けた。

「この馬鹿共は若い者を集め、志苔の鍛冶屋村に仕返しに行き、村の女子供まで皆殺しにしたのです。あれほど、シャモ（倭人）と諍いを起こすなと言ってあるのに……。本当に申し訳ないことです。まず酋長にお知らせを、と参ったわけです」

長と若者達は頭を下げた。

コシャマインは目を閉じ聞いていたが、太い眉毛の下の大きな目をさらに大きくし、若者達を睨むと言った。

「分かった。起きたことは仕方がない、これからどうするかだ。各部族の長と相談し、事をなそう」

即刻、コシャマインは各部族長に召集をかけ、初冬の重く低い雲がかかる頃、続々と長達が集まった。

「皆の意見をまとめると、戦うということであるが、それでいいのか。もう一度思案し、雪解けを待ち、集まることだ。今日来ていない部族の長の意見もある。それと、いつでも兵を出せるよう、支度を頼みますぞ」

「すぐ雪が来る。鹿、兎と春先の熊狩りが終わりしだいだ。まずは雪解け待ちだ」

皆が立ち去り、セタナの酋長タナケシと二人になると「タナケシよ、とうとうこの時が来たな」と、コシャマインがため息混じりに言った。

「シャモとはこれまでできるだけ対峙しないように努めて参ったが、ここいらが潮時かも知れんな。この頃はシャモの悪い話ばかりだ」

タナケシは答えず、黙って焚火を見つめている。

「昔、シャモはおとなしく目立たないように暮らし、我々の言うことも聞いたが、今はどうだ。数も増え、まるで反対だ。我々が耐え、シャモが我が物顔で、のさばり歩いている」

「シャモは今じゃ、ムカワ（日高郡鵡川町）まで登って、漁場を荒らしている」

タナケシは腹立たしそうに言った。

「そうだな。ここいらで叩いておかんと、後々、脅威となろう」コシャマインがつぶやいた。

「そうですね、安東政季がいなくなるとかで、シャモ達は支度に追われています」タナケシが続けた。

「安東政季が兵を連れて行きますので、残りの兵は二〇〇〇に満たないでしょう。戦える民を合わせても三〇〇〇人を少し超えるほどの数でしょうが、こちらは酋長の一声で一万は集まることでしょう。まして安東政季という大将のいないシャモ、何ほどのことがあろう」と言ってタナケシは笑った。

コシャマインは雨から雪に変わった外に目をやり、「根雪もすぐだな」とつぶやいた。

「なあタナケシ、できることなら戦は避けたいものだ。我々の暮らしは未だ貧しい。何とか少しでも暮らしをよくしたい、部族間の争いも、相も変わらず続いているしな。今は数でシャモに負けるとは思わないが、シャモの兵は三〇〇〇人以下、我々はいつでも一万人は出せるのだからな」コシャマインは続ける。

「だがな、タナケシよ、蝦夷地のシャモを皆殺しにしてどうなる。商いがなくなると、困るのは我々の暮らしだ。しかし、ここいらで皆の不満を吐き出さんと、このような事件が次々と起こるだろうて。一戦交え、シャモがこの地から出るもよし、おとなしくなるもよしだが、万に一つも負けるわけにはいかんぞ、タナケシ。敗れると、我らとて行き場を失う破目になるぞ」

コシャマインはそう言って微笑んだ。

その笑いを消し、

「シャモは大挙して将来、海を渡って来るであろう、それまでに、アイヌが完全にまとまり、強い兵を育てシャモと対等に渡りあえる力を持ちたいものだ」

静かに話すコシャマインが外に目をやった。雪が静かに降り続いていた。

ここ上之国では、信廣が洲根子の岬より花沢館に馬を返した。

冷たい春の風が、頬と手綱を持つ手に痛いほど刺さる。

「信廣様」と呼ぶ声が聞こえ、小平知信が駆け寄ってきた。

「お屋形様が広間でお待ちです」

すぐに広間に向かうと、松前の原口館主岡辺季澄が来ていた。

「信廣殿、久し振りじゃ。元気そうで何よりだ。今、季繁殿に話をしたところじゃ。大酋長コシャマインが攻めてくる動きがあるのだ。そこで安東の殿からの伝言じゃが、来春まで軍備を整え、皆で蝦夷地を守ってくれと言われたのだ。上之国へ行き季繁殿、信廣殿の考えを聞き、下之国・松前と衆議し、早急に備えを固めよとのこと。これが各館の兵の数じゃ」

と話すと、岡辺季澄は咳込みながら書き付けを懐より取り出し、前に広げた。

・下之国茂別館（守護・下国安東八郎式部大輔家政）一〇〇〇名（現北斗市）
・箱館（守護補佐・河野加賀右衛門尉正通）一〇〇名（現函館市）
・志苔館（小林太郎佐衛門尉良景）一〇〇名（現函館市）
・中野館（佐藤三郎佐衛門尉季則）一〇〇名（現木古内町）
・脇本館（南条治郎小輔季継）一〇〇名（現知内町）
・松前大館（松前守護・下国山城定季、補佐相原周防政胤）七〇〇名（現松前町）
・穏内館（蒋《こも》土甲斐守季直）一〇〇名（現福島町）
・覃部館（今井刑部小輔季友）一〇〇名（現松前町）
・禰保田館（近藤四郎佐衛門尉季常）一〇〇名（現松前町）
・原口館（岡辺六郎佐衛門尉季澄）一〇〇名（現松前町）
・上之国花沢館（守護・蠣崎修理大夫季繁、補佐・武田若狭守信廣）九〇〇名（現上ノ国町）
・比石館（近藤四郎佐衛門尉季常）一〇〇名（現上ノ国町）

書き付けには、計三五〇〇の数が並んでいる。

「しかし、この数は兵の他に漁師、商人、船乗りといった、戦える者全てです。実のところ兵は二〇〇〇にも満たないかも知れません」

岡辺季澄の話が聞こえぬかのように、信廣は書面に眼を落としたまま話しだした。

「まずオシャマンべから近い志苔館、箱館、茂別館と来るな」

「志苔館と箱館は支えることは無理でしょう。茂別館に下之国と松前の館から集め、一五〇〇人を集結、籠城し支える」

季繁が言うと、「安東の殿も皆の考えも同じだ」岡辺が呻くように言う。

「しかしアイヌ兵八〇〇〇から九〇〇〇の前には、なす術もなく。茂別館を抜くのは時間の問題でしょう。中野館、脇本館、穏内館、覃部館、大館は兵を割き、茂別館に応援に出て、ほとんど兵がおらず、各館はせいぜい五、六十人の兵です。落ちたも同然でしょう」

信廣が言葉を切り、思い出したようにまた続けた。

「禰保田館、原口館、比石館まで、各館に兵は多くて五十人から一〇〇人、そして最後に花沢館です。茂別館が落ちると八〇〇〇から九〇〇〇人のアイヌ軍が一気に大館を抜き、比石館とここ花沢館に襲いかかるということです」

「一〇〇〇人ほどのここ花沢館は、一日か二日で落ちることは間違いないな。我々は全滅ということか」

庭に目をやり、蠣崎季繁が呟いた。

岡辺季澄が「アイヌ軍がいかほどの勢力かだ」と言った。

「最低七〇〇〇から八〇〇〇、最高一万二〇〇〇だな」即、蠣崎季繁が答える。

「少なくとも一万程度は来るのか、一気に攻められると」岡辺季澄は肩から息を吐き、言葉を切った。

上之国花沢館は、アイヌ軍が二手に分かれた時に備え、箱館方面からのアイヌ軍は茂別館、大館で食い止める。

ヤクモ（現二海郡八雲町）、クマイシ（現二海郡八雲町熊石）方面からのアイヌ軍は、花沢館で死守するということに決定した。

茂別館で安東政季を前に行った衆議でも、皆の意見は同じであった。

しかし誰もがアイヌ達を抑えるのは困難であろうことは知っていた。

「もう二年、いや、せめて一年、殿が蝦夷を去るのを待ってくだされば……」

季澄がため息をつきながら話を続けた。

「下之国と松前には話すが、どうにもこうにも、兵が不足だ。あと三〇〇〇以上は必要でござる、のう信廣殿」

そう言って慌てて手を振り、

「信廣殿を責めているのではない」

安東政季の姫と祝言を挙げ、来年は蠣崎季繁の継嗣で上之国守護となる身である。文武両道と誉れ高い信廣は、誰しも上之国守護で収まる器でないと思っている。

安東政季としては、自分が気に入っても、可愛い一人娘が何と言うか心配しながら会わせると、信廣にひと目惚れし、逆に婚姻を迫ることとなり、一番喜んでいるのは政季かも知れないのである。

季澄は一晩泊まり、次の朝、万が一の時、助勢を頼むと何度も繰り返し頭を下げて、船で帰って行った。


翌日の朝、花沢館の広間に上之国の主な将々が参集し、軍会議を開いた。

信廣が大きな声で「一同ご苦労。では、お屋形様」と言った。

蠣崎季繁が「皆、ご苦労」と声をかけ、皆の顔をゆっくり見渡し、言った。

「皆も知っていると思うが、志苔の鍛冶屋村でマキリの出来・不出来で言い争い、アイヌが殺された。そこでアイヌは、恵山辺りの部族だろうが、仕返しに鍛冶屋村の民を殺したが、それだけで今回は収まらず、コシャマイン酋長が出て来そうだ」

季繁は続ける。

「そこでだ。コシャマインが出て来るとなると、この蝦夷地に我々が残れるか否かの大戦となろう」

季繁は言葉を切ると、続きを話せと言うように、信廣の顔を見た。

「アイヌ兵の数は、一万を下らないだろう、苦戦を強いられることは必定である。若狭の竜蔵が調べた話では、コシャマイン酋長が各部族長に招集をかけたのを見ても、来春攻めて来るのは間違いないだろうが、問題は攻め込む経路である。繁綱、説明してくれ」

「アイヌ軍の侵攻経路は、まず一つ目は志苔館、箱館と来て、下之国の拠点、茂別館を抜くと、後は中野館、脇本館、穏内館、覃部館と。守備兵は五十から一〇〇程度だ、抵抗できる数でない。アイヌ軍の攻撃の前に手も足も出ず、館を捨てるだろう」

佐々木繁綱はそう言って皆の顔を見た。

「あとは大館だが、茂別館の守りに兵を割いているので五〇〇に満たない。アイヌ軍は最低でも七〇〇〇だ。施策も何もなす術がないだろう。即、禰保田館、原口館そして上之国の比石館、花沢館と来る道（現在の函館より江差までの国道二二八号線）、二つ目は中野館を落とし、山越えで神明の沢へ出て来るか（旧江差線沿いを木古内から）、それとも最初から二手に分かれ、ヤクモから山越えでクマイシに出て海岸線（現国道二七七号線〜二二七号線）を攻めてくるかの三通りが考えられる」

「コシャマイン酋長とやらは勇猛だと聞く。しかしそれだけではない。この短期間にアイヌを束ねたところを見ても、よほどの人物なのだろう」

居並ぶ諸将も、まだ見ぬコシャマインの姿に不気味さを覚えているようだった。

場の雰囲気が悪いと見たので、すかさず「まだ敗北を喫したわけではない、戦いはこれからだ」という信廣の凛とした声が響いた。

その顔を見て誰もが思った。よくぞこれまで成長したものだ。若狭の国で逸材と言われ、将来を嘱望されたが、追われて流浪の身となり、この蝦夷地まで流れ来たとは思えない風貌である。

「冬の間に、でき得る限りの備えをするが、皆も心して励んでくれ。頼みましたぞ」

信廣はそう言うと皆を見回した。

その威厳に満ちた凛々しい佇まいに、広間の皆が思わず居住まいを正すほどであった。


長禄元年（一四五七年）、年が明け、笹山の頂には残雪が見えるが、里は雪が解け、天の川は雪解け水で濁ってはいるが、すぐに澄んだ流れに変わることだろう。

信廣は流れの岸に立ち、猫柳が可憐に咲いているのを眺め、「いよいよアイヌと決戦か、できるなら避けたいものだ」と思っていた。

昨年から、アイヌ民族がどのようなところに住み、どのような物を食い、狩りの仕方、暮らしぶり、武器と鎧、そして兵糧、勢力など、ありとあらゆる情報を集め、皆で分析、検討を重ねてきた。

ただ、言えることは、アイヌを知れば知るほど、アイヌとの戦は避けるべきであると考えるが、状況はそれを許さなかった。

アイヌとの交易（熊や鹿の皮、鮭、昆布、鳥の羽）が盛んになるが、倭人が主導権を握ってくると、中にはだんだんと横暴になり、アイヌを騙し、脅す不埒な者も出てきた。

「アイヌ勘定」という数え方があり、最初に「はじめ」が来て、次から「一、二、三」と数え、最後に「おわり」と数えるのだ。はじめとおわりが増えるので、十が全部で十二となるが、十個分しか金を支払わないのである。

このような詐取を繰り返し、アイヌから不満が出ると、倭人は脅した。

そのため、アイヌとのいざこざは、しばしば起きていた。それでもまだ大きな戦には発展せずにいたが、アイヌ民族の不満がつのり、両者の衝突は時間の問題であり、目に見えていたのである。

信廣が花沢館に帰ると、広間に佐々木繁綱をはじめ主な将が集まっていた。

「アイヌがオシャマンベに向け、動きだしたそうです。頭はコシャマインです。なお、数は不明ですが一万前後の大軍であることには変わりはないでしょう。我が軍は全勢力でもアイヌ軍の半分にも満たない三五〇〇であり、それも各館に分散しています。我が花沢館の兵は最大七〇〇名、民の戦える者三〇〇名を合わせても一〇〇〇人弱です。兵糧は、一〇〇〇人の籠城で、備蓄は三ヵ月間は持ちますが、花沢館は籠城するには非常に手狭です」

そう言って佐々木繁綱は言葉を切った。

目を閉じて聞いていた信廣は、

「花沢館に一〇〇〇人で立て籠っても、耐えるにはアイヌ軍二〇〇〇から三〇〇〇までだろう。アイヌ軍は七〇〇〇人以上だ。守るのは至難の業だ。否、無理である」

「よって、討って出る以外に道はない」信廣は吐き捨てるように言った。

工藤祐長が「現在、館の者は大崎・大間・川尻・大留・北村・向浜ですが、それに比石館に入る者達を加えると二〇〇〇人ほどになりますが、籠城時に館に入れるのは一〇〇〇人ほどです」と言った。

「戦える者一〇〇〇は館に入れ、残りの者は雨露を防ぐ場所が必要になるが、現在、向浜に洲崎館を築いているが間に合わない。檜の沢に仮小屋を建て、女子供、年寄りを入れる」

　蠣崎季繁が答えた。

「よし、これで決まりだ」


　花沢館の右側面より海に天の川が流れ、左側前面は海であり、裏は山である。

　アイヌが攻め入るには左方向の比石館方面（松前方面）からで、海岸線は、洲根子湊から大間湊へ渡るには断崖の上に狭い幅の道が一本のみ、一人がようやく通れる道があるが、岸壁の上に兵を晒すことにもなり、大軍を動かすのは無理であろう。

　来るとすると、洲根子湊の先の木の子より八幡野（現上ノ国町八幡牧場）越えだろう。急斜面に笹と樹木が茂る中に、一間ほどの道がある。何千もの兵を進めるにはこの道しかない。間違いなく八幡野を越え一気に花沢館に向かって駆け降りるだろう。信廣としては、八幡野の要所に砦と柵、空堀を設けたい。

　その準備を三月から四月一杯で終了し、クマイシ方面からと中野館～神明の沢の二経路はいずれも天の川を渡ることになる。

　渡河に易い浅瀬があるので、柵を設置し、できるだけアイヌを阻止したいが、その勢力五〇〇〇人以上、まともに向かって勝てる相手ではない。八幡野と天の川でできるだけアイヌの勢力を削ぎ、最後の砦である花沢館の備えの強化を図らなければならない。今まで戦らしき戦をしたことがないので、花沢館自体の防衛施設が誠に心細い。

信廣は季繁と図り、暮れから冬の間、天の川から多くの玉石を運ばせてあった。花沢館への表門への道幅を狭く急斜面にし、登坂の側面には石垣と空堀を作り、残る石は、突破して表門に向かう敵に対して落とし、アイヌ兵の登坂を阻むのに使用するのだ。

鰯を絞った油に菜種油を補足し、乾燥させた草に浸み込ませ、火をつけ斜面に落とす。溝を掘り、直接油を流し込み点火しアイヌ軍を阻止する。

これらを、五月上旬に終えることができるかどうかにかかっていた。

「重政殿、無理をせず、守ることができないと思ったら即、引いて花沢館に入ってくだされ」

比石館主厚谷重政に信廣が言うと、

「よろしくお願い申し上げる」

「船を十艘ほどよこしますので、怪我人は向浜に送ってくだされ。あとは大間湊か、天の川へ頼みます」

海上に出ると、船を持たないアイヌは追尾ができないのである。

「逐一連絡のほどお願い致す。伝令要員は十分に用意し、連絡を密にする。狼煙は、一本目は敵が攻めて来た時、二本目は館が落ちた時である。一本目の狼煙が上がったら、花沢館を出て、四十九里沢で待機する。そこで集まったら、我らが援護しながら花沢館に入る」

信廣は続けた。

「アイヌが三〇〇〇までなら何とか守れる。天の川方面からアイヌが攻め込まないと分かれば、すぐに比石館に応援を出しますので、二〇〇ほどで少ないが守ってくだされ」


一方、オシャマンベのアイヌ軍。

雪に閉ざされていた蝦夷地のあちこちの山里に、黒く雪解けを知らせる大地が見える頃、コシャマインは各部族に召集をかけると、主な者達が数日の間に集まった。

その数は大小の十部族を超え、各部族の長を前にコシャマインが言った。

「皆の衆、ご苦労。志苔の鍛冶屋村の一件から起きたことだが、近頃のシャモは目に余ることが多い。ここらで一度、叩いておく必要がある」

長達はうなずいている。

「皆の衆の忌憚なき意見を聞きたい」コシャマインは続けた。

「倭人の、我々に対する仕打ち、もちろん、鍛冶屋村での仕返しに女子供までも皆殺ししたのはひどいとの意見もあろうが、いずれにしても、シャモと今までのように商いはできまい。シャモ達も女子供を皆殺しにされたのだ。黙ってはいないだろう。

近頃のシャモの傲慢さは目に余るものがある。だが個別に戦うと、統制がとれ、戦に慣れているシャモには勝てないだろう。ここは一気にシャモを襲い、蝦夷地よりシャモを追い出す。さもなくば我らがこの大地を捨てることになる。それでもいいのか」

コシャマインは一気に話した。

長達は人格と武勇に秀でたコシャマインを盟主と仰ぐことにし、また副将をタナケシとすることを、満場一致で決めた。

遠く、駒ヶ岳の頂に雪は残っている。

近間の山々が新緑に変わる頃、オシャマンベの地には、アイヌがどんどん集まり埋まっていた。

コシャマイン酋長が手を大きく挙げると、今までの騒音が嘘のように消え、遠くの者が、近くの者が耳を澄ました。

「私がカムイの使いに決まった。決まった以上、シャモの殲滅に命を賭して戦う」

そこまで話すとコシャマインは、思案気に焚火裏の煙を追うように空を見上げた。空にはカラスと鳶が人の集まるのを見て、餌にありつこうと空を舞っている。

もしかしたらカラスの数の多さか、鳴き声が気になるのか、コシャマインはそれをじっと見ている。カラスの鳴き声で物事を占い、降り立つ場所で来訪者や人の生き死にを占う風習が、アイヌ民族にあるのだろうか。

コシャマインは空から視線を落とし、皆を見渡すと、再び話しだした。

「先年、この地に来た安東政季は、武勇の誉れが高く警戒したが、昨年、蝦夷地を離れ、陸奥に移った。都合のよいことに、兵も連れて行ったので、この蝦夷地の十二館には、二〇〇〇から三〇〇〇の兵が残っているだけだ。

ここで我々がシャモの館に攻め込み、皆殺しにしたとて、蝦夷地にシャモ達が来る限り、戦うことになる。シャモが来なくなるまで、戦は果てしなく続くことになるだろう。今までは妥協し、時には口論となったが、大半は我々の我慢と辛抱で収まってきた。しかし、もう耐えるのも、限界ということだ」

そこまで言うと、コシャマインは瞳を閉じた。

各部族もほとんどが、シャモを殺すか、蝦夷地より追い出すことで意見がまとまっているが、大酋長のコシャマインの口から、「シャモを皆殺しにせよ」の言葉が吐かれ、皆がその言に酔い、まとまるのだ。部族は個々に暮らしているために、まとまって動くことがほとんどなく、集団行動が苦手であった。

盟主がいないアイヌの部族が勝手に動いていては、館を構え組織化され、集団で動くシャモに立ち向かっても勝ち目がないことは、誰でも知っていることである。

コシャマインは再び手を挙げ、大きな声で叫んだ。

「ここまで来たからには戦うしか手はないが、多くのウタリ（同胞）が死ぬことになるだろう。覚悟してかかれ。シャモは戦慣れして強いが、我が方は敵の倍以上の数だ。一気に襲い、短時間で叩き潰す。一人のシャモもこの蝦夷地に残すな。よいな」

「おーっ」

アイヌ軍の雄叫びがオシャマンベの山に木霊し、鉛色の海に消えていった。

いつの間にか一万人は優に超えていた。このアイヌ達は、海から出たのか、山から湧き出たのか、いつの間にこれだけの数になったのだろうか。

アイヌ民族も、この頃より組織化されていくことになるのだった。規模や勢力の大きい部族が小規模の部族を従え、大勢力となり、上下関係が自然と形成されていく。

アイヌ達はこの戦で勝ち、この蝦夷地からシャモを追い出しても、また、次から次へとシャモは渡って来ること、シャモの兵が何万人もいることを知っている。また、交易ができなくなると、自分達アイヌは生活に困ることも知っている。

しかし今戦わずば、いずれ自分達のこの大地を失う。そのことへの不安と焦りで一杯なのだった。

一方、こちら上之国花沢館では、四月に入ると、オシャマンべの大酋長コシャマインのチャシ（砦・海産物の集積場・見張場）に、各地よりアイヌが集まっていると次々と知らせが入ってきていた。

信廣は、蠣崎季繁や、アイヌに詳しい者達に、この冬毎日のように、地形、アイヌの暮らしぶりや武器、慣習などをあれこれと聞いた。

アイヌは一年のうち、暑い盛り以外は、大半の季節、狩猟をする。兎（イソボカムイ）鹿（ユワ）が終わり、冬眠明けの熊（キムンカムイ）の狩りが終わり、今から夏の終わりまでの三、四ヵ月は狩りの頻度が少なく、この期間で一気にこの戦のケリをつけるつもりだろう。

信廣は、比石館の館主の厚谷重政進との打ち合わせに向かう道すがら、そんなことを考えながら馬を走らせた。

比石館まで花沢館より約七里である。途中、汐吹湊と木ノ子村、洲根子湊の各砦を見聞し比石館に着くと、館主の厚谷重政が出迎えた。

「信廣殿、よう来られた」

「重政殿、元気そうで何よりです」

「花沢館に使いを出そうしていたのですよ。酋長のコシャマインが志苔館方面に進んでいるようだ、と大館より連絡がありました」

「そうですか。思ったより早いな。重政殿、比石館の兵をあと二〇〇人ほど、増強したいが、いかんせん花沢館も兵が足りないもので、申し訳ありません。

重政殿、くどいようですが、無理と思ったら必ず引いてください。兵の消耗と分散はいかにもまずいです。花沢館に籠ればアイヌ三〇〇〇でも恐れることはないです」

信廣の話を聞いているうち、重政は、この青年に賭けてみようという気持ちになるから不思議であった。

信廣は「ご武運を」と声をかけ、馬に跨った。

木ノ子口を過ぎた辺りで、供の者が遅いので馬を止め海に目をやると、そこにはまるで湖を思わせるような、洲根子岬から始まる海辺が穏やかに広がっていた。

小さな波が静かに、小石を敷きつめたその海辺に寄せては返していた。

今まで、気がつかず馬を走らせていたのか、目前の戦に余裕がなくなっている自分がそこにいた。

「まずいぞ、信廣」

常にこの海の静けさを心に持て、と自分に言い聞かせた。


土煙が上るのが見えた。

「来たか」

小石を敷きつめた浜辺は四十九里あるのかどうか分からぬが、四十九里浜と呼ぶそうだ。供の者を待って、信廣は再び馬を走らせ、海辺から山に馬首を向けた。

四十九沢の斜面は、二十間（約三十六メートル）ほどをいったん下り、約三間（約六メートル）の川を渡り、また、二十間ほど登りの急斜面である。ここに柵を三段設け、馬と兵の進行を妨げ、敵の行軍を防ぎ、遅らせると共に、ここに精鋭部隊を配置し、少なくとも敵軍の先陣を殲滅する。アイヌ軍を後退させ、できれば和睦に持ち込みたいと思ったが、無理だろうか。

アイヌにここを破られると、八幡野から花沢館への道を一気に下るだろう。花沢館は、一方は前面が天の川で何とか防御できるが、八幡野側からだと上国寺まで下る。アイヌ軍は村落を抜け、花沢館へ向かうことだろう。館の登り口で防ぐしかなくなり、非常にもろい。

この四十九里沢の攻防が鍵になりそうだった。

アイヌが何千でこの上之国に来るか、それによる。兵の数が不足だった。ましてアイヌは狩猟民族で弓矢がうまく、数は一万、それに対し我が安東軍は全体で三五〇〇である。

三五〇〇人の中に武士は二〇〇〇人程度である、まともに戦っては勝ち目がない。

ただ、上之国の花沢館には一〇〇〇の数のうち、半数以上ほどが武士だ、それだけが救いであった。

その頃コシャマインのアイヌ軍は、先発隊としてタナケシに三〇〇〇をつけ、志苔館に襲いかかってきた。

ここに一〇〇年余りに亘るアイヌ民族の尊厳と存亡、倭人の誇りと蝦夷地、生き残りを賭けた戦いの幕が切って落とされたのである。

世はまさに下剋上となり、戦国の世を告げる一四五七年の五月十四日であった。

「ご注進ご注進」と花沢館表門を早馬が潜ると、崩れ込むように馬を降り叫ぶ。

「五月十四日にアイヌが志苔館を攻撃」

「して、数は」

「はい、約三〇〇〇とのことです」

「大儀」

信廣はすぐにその旨、季繁に告げた。

「義父上、アイヌが志苔館を襲いました」

「来たか」蠣崎季繁は上を向く。

「志苔館は平地で堅牢な館ではないので兵も一〇〇だけです。一日と持たないでしょう」

コシャマインは六〇〇〇で箱館に向かった。

大沼の辺りでコシャマインに一報が入る。「志苔館は半日ほど抗戦したが、十倍以上の兵力のアイヌ軍の前に、館主の小林良景（太郎左衛門）らは箱館に逃れ、タナケシは守備兵を一〇〇ほど置き、コシャマイン酋長に合流するため、箱館に向かっています」

薄暗い、日暮れのような暗さだ。海と空の境に薄い炭を流したように区別がつかない、雨が落ちないのが不思議な空模様である。

コシャマインは六〇〇〇に号令を出した。

「これから箱館を一気に抜き、茂別館に向かうぞ。刃向うシャモは全て殺せ。進め、進め」

アイヌ軍はいっせいに箱館を目指し、動き出した。

志苔館を落としたタナケシの先発隊も合流し、九〇〇〇人のアイヌ軍が箱館に攻めかかってきた。

箱館では、一万人のアイヌ軍が襲ってくると騒いでいた。

そこに志苔館から小林良景らが逃げ込んで来ると、皆、浮足立ち、逃げる準備をする者も出る始末であった。

しかし、河野政通も一廉《ひとかど》の武将である。小林良景も加わり門を閉ざし抗戦するが、余りにも兵の数が違う。

半日も持たない。箱館を捨て、アイヌ軍の追撃を振り切り茂別館に入った時は、志苔館を逃れて来た兵と合わせ二〇〇ほどいた兵が、一〇〇ほどに減少していた。

死に物狂いで茂別館に逃げ込む。

茂別館は固く門を閉ざし、籠城。徹底抗戦の構えであった。


コシャマインは箱館に一〇〇の兵を残すと、すかさず茂別館を包囲した。

コシャマインは川向こうの茂別館を睨むように見上げた。

茂別館は上磯川を全面に配し、小高い大小の二つの丘の上にあり、常時一〇〇〇以上の兵を配備している。今、茂別館にはどの程度の兵がいるのか不明であるが、中野館、脇本館、穏内館、早部館、大館と合わせ一五〇〇近い応援が入っているとすれば、二五〇〇人はいるのか、それ以上か以下か。コシャマインは考える。

我らは倍以上の兵力であるが、ここで刻を使うのはいかにもまずい。松前の大館を空にして五〇〇ほど、さらに上之国の花沢館から五〇〇人ほど援軍が来ると、三五〇〇だ。シャモが兵をまとめるのはまずい。まして挟み撃ちにあうと尚まずい。兵の分散になる。兵の多いここ茂別館を包囲して置くと、後の館にはせいぜい一〇〇以下との報告である。

手強いのは大館と花沢館だけだ。

コシャマインは大きな目をさらに大きくし、タナケシを呼ぶと、「タナケシよ、ここで兵を分ける。茂別館の包囲と、松前・上之国を攻める手と二手にする」と叫んだ。

「ここでもたつくとまずい。それでお前は、三〇〇〇で一気に上之国の花沢館まで行ってくれ。中野館・脇本館・穏内館・覃部館四館の兵は各々一〇〇以下だ」

「物の数ではありません」タナケシは胸を張った。

「松前之国大館が五〇〇ほどだ。そこまで行くと、後は禰保田館・原口館・比石館と各館五十から六十。簡単に抜けます」

「問題は上之国の花沢館だ。蠣崎季繁と武田信廣は慎重に攻めろ」

「上之国の花沢館を攻める頃に、中野から山越えで一〇〇〇とオシャマンベからクマイシに抜け、海辺を一〇〇〇向ける。これで少なくとも、ここ花沢館には四〇〇〇以上で攻め込める」

「お前が上之国の花沢館を攻略するまで、本隊五〇〇〇は動かん。茂別館を封じ込めておく。タナケシよ、数が多いとて油断するな」

世はまさに国中が戦乱の渦に巻き込まれていくことになる時代。北海道が蝦夷地と呼ばれた頃の倭人と先住民であるアイヌ民族との、血を血で洗う戦いの始まりであり、アイヌ民族の哀しく苦難に満ちた時代の始まりとなる。

この後、江戸、明治、大正、昭和と数百年間の長期に亘り、アイヌ民族は氷河期に入ることとなるが、そんなことなどコシャマイン酋長に分かる術もなかった。

四十九里沢の戦い

長禄元年（一四五七年）春。

上之国の花沢館にもオシャマンベの酋長コシャマインが来襲、その数、一万人を超える大軍と、報告が次々と入ってきた。

花沢館、四十九里沢、天の川の備えはほぼ終了したが、五月の中頃に志苔館が落ちたとの知らせが入った。

すぐ後に、再び早馬が門を潜り、箱館が落ちたことを知らせる。

「志苔館主、小林良景様討ち死に、箱館の河野政通様が捕えられました」

茂別館からの使い番が叫ぶように言った。

この頃になると、重要な情報は早く信廣の元に入ることが多い。信廣一行について来た、草の者六人は、二年の間に蝦夷地の南西部の地形、人物、館、アイヌの動きをと調べ歩いている。足の速い者、地形などに通じている者、倭人四人、アイヌが五人増え、十五人となっている。若狭の竜蔵は一ヵ月に一、二度、花沢館に報告に来る。この者達を近習使い番として置いて、時には信廣の身辺警護をする。

その情報収集は目を見張るものがあった。

五日後にはアイヌ軍は茂別館の抑えに、コシャマイン本隊五〇〇〇で包囲し、四〇〇〇で中野館と脇本館に向かっているとの知らせが来た。アイヌ軍は非常に進行が早い。

信廣は上国寺の門前に佇み、海に浮かぶ磯舟を眺めた。

風のない日々が続いている。風がなくベタ凪であるので、湖の岸に立っているように、小波が静かに寄せては返す。

この頃この静かな海が気になるのは、若狭を思い出しているのか。首を振り、頬を叩く。

春先の三月、四月は風も強いが、五月に入ると風も穏やかな日々が多くなった。これから蝦夷地もよい気候になるのに戦とは。アイヌも倭人も待ちに待った春なのに……。

「コシャマイン酋長め」

信廣は思わず舌打ちした。

コシャマインが茂別館を落とさず包囲したわけは？　もしコシャマインが勝ちを急ぎ兵の分散をすると、山越えで神明沢、中須田を抜け（旧江差線沿い）この花沢館を襲うつもりか。

それとも大館、原口館、比石館と海岸沿いに来るか？　兵の数は四〇〇〇から五〇〇〇と言われているが、どこから来るのか？

コシャマインが兵を分ければ、我々にも少しは勝機がある……。

信廣は馬を花沢館に返した。

いつの間にか桜が散り、花弁が道を染めていた。

安東政季に従い蝦夷地に入り、もう二年目も過ぎ三年目か……。昨日のようである。

あまりにも多忙な毎日で、信廣は月日の経つのも忘れていた。


行き交う村人が頭を垂れるのに手を挙げて応え、馬を進めていると、小平知信が走って来るのが見えた。傍まで来ると、息を切らして言った。

「信廣様。早馬です。大至急、館にお戻りください」

館に着くと、義父の蠣崎季繁が待っていた。

「信廣殿。中野・脇本が落ちたそうだ。穏内館、覃部館も時間の問題であろう」

屋敷に戻ると季子が、嫡男の光廣を抱いて出て来た。

「お帰りなさい。父上が帰って来ましたよ」

と光廣を顔の前に差し出した。

信廣は照れ臭そうに光廣の顔を覗き込み、「今帰ったぞ」と答えた。

庭に気配がする。若狭の竜蔵であろうか。

「頭か」

「はい」

「入れ」

「コシャマインは中野から山越えで（木古内から、神明の沢に出て上国へ旧江差線沿いに）一〇〇〇、大館方面の海沿いを、タナケシという者に三〇〇〇つけて向かいました」

「そうか、コシャマインは兵を分散したか」

「それと気になることがあります」

「何だ」

「オシャマンベからクマイシに一〇〇〇ほどアイヌが動いたという情報あり、今、手の者に足取りを調べさせています」

「そうか、苦労をかけるが頼む」

「では」

と、頭は部屋を出た。

信廣は、庭の躑躅を見ながら「茂別館の抑えに四〇〇〇から五〇〇〇人、中野から山越えで一〇〇〇、クマイシから海岸線を一〇〇〇、松前から海岸線をここに向かうのは三〇〇〇か？」と呟いた。

館内の大太鼓が三度鳴った。

季子が「大変そうですね」と言いながら脇差を信廣に手渡した。

急いで広間に向かうと、主だった者が待っていた。

「信廣殿、大館が包囲され、安東定季殿から援軍の要請が来たのだ」

「さすが早いな。アイヌめ、数に任せ、戦わずに進めるのか」

佐々木繁綱が言葉を吐き出す。

「そうだな、穏内館と覃部館は兵が五十、戦うことすらできずに館を捨てたのだろう。援軍といっても、今からでは間に合わんでしょう」と義父の季繁に答えた。

「しかし信廣殿、出さずにおくわけにもいかんだろう」

「工藤祐長と鬼庭袋義宗に五〇〇をつけ、送ります」信廣は答えた。

「それと比石館より一〇〇で計六〇〇。これ以上は無理です」

上之国の全勢力の約六割であるこれだけの兵力を割くことは、花沢館を捨てるようなものである。

「信廣殿」と季繁は信廣の顔を見た。

「大丈夫です。あとは落ちた館から戦える兵が何人か集まるでしょう」信廣は続けた。

「茂別館を抑えているコシャマインは、他の館を落とし、茂別館を孤立させ、最後に料理するつもりでしょう。大館が落ちたら、この花沢館に四〇〇〇から五〇〇〇人が襲いかかってくるでしょう、三日持てばいい方です」

「どこからも援軍のない我らは、敗れると二度と立ち上がれない。しかしこの蝦夷は彼らアイヌの地である。四十万人以上はいるであろう彼らは、何回でも攻めてくるが、我々は残念ながら再起は無理だろう」

蠣崎季繁は唇を噛んだ。

「アイヌ軍にしばらくは襲撃できぬほどの打撃を与えるか、大酋長コシャマインの命を取ること以外に、この蝦夷地に我らの生きる道はありません」

信廣はそう言うと、支度をしている工藤祐長、鬼庭袋義宗を呼んだ。「祐長、義宗、大館は包囲されている。禰保田館、原口館に着く頃はすでに落ちているかも知れん。大館まで無理して行くな。使い番と連絡を密にしてくれ」

「はっ」

「アイヌ軍は間違いなく奇襲して来る。支えると全滅の恐れがある。兵は大事にな。それと頭の手の者はすでに向かわせ、アイヌの動きを逐一、工藤・鬼庭袋に伝えよと言ってある」

「分かりました」工藤祐長が答えた。

「祐長・義宗、万が一襲われたら、敗走する体《てい》を見せ比石館まで退け。絶対無理するな。兵を一時休ませ、比石館に一〇〇を残し、後は一気に四十九里沢まで走れ。比石館の兵は、時間稼ぎをし、船で大間か天の川まで逃れるよう、比石の重政殿には話をしておく」

信廣は二人の顔を見て言った。

「よいな。兵を減じるな。報告を密にせよ。それでは四十九里沢で待つ。行け」

工藤・鬼庭袋義宗は低い声で「では、出立いたします」と駆け出した。

今日は五月二十日。戻るのは二十四、五日頃であろう。

二十三日のまだ夜も明けきらぬうちに、早鐘が鳴った。早馬が来た知らせである。

「アイヌ軍の待ち伏せあり、ただ今、交戦中です、即、撤退、四十九里沢に二十四日昼、到着予定と信廣様にお伝えせよ、との鬼庭袋義宗様からです」

言うなり使いはその場に倒れ込んだ。

馬で走れる道は馬で、獣道は下馬し、馬を引き走る。それも松明一本で暗闇の中である。知り尽くした道とはいえ、きつい。信廣は「休ませろ」と言って、季繁の前に座った。

「親父殿、残りの兵四〇〇を連れ、退却中の工藤と鬼庭袋の兵六〇〇と、四十九里沢で追って来るアイヌを待ち伏せます」

「信廣殿、くれぐれも気をつけて」

信廣が立つと、小平知信、今井吉兼が「ご出陣」と叫んだ。館のあちこちで「ご出陣」と声がすると、出陣太鼓が鳴り響いた。

門を出て振り返り見上げると、季繁と妻の季子がいた。

季子が小さく手を振る、笑ってうなずく。馬を返し、「行くぞ」と一声言い、手を挙げると、いっせいに兵が動きだした。

村人が道端で心配そうな面持ちで手を振った。彼らもまた、信廣たちと運命共同体なのだ。

上之国寺前で、「ここで兵の配置をする。草間、五十を連れ洲根子の砦を守れ。洲根子は道幅が狭く岩場である、二重の柵と登りのため、一〇〇が一〇〇〇でも攻め落とされる心配はないが、まずアイヌは攻めては来ない。知信、一〇〇を連れついて来い。汐吹湊で祐長と義宗を待つ。繁綱は四十九里沢に向かえ」と信廣は馬を進めた。

汐吹湊の手前で狼煙が一本上がるのが見える。アイヌ軍に比石館を攻められている知らせだ。

「来たか、早いな」と信廣はつぶやく。

遠くに土煙が上がり、間もなく馬が来るのが見え、しだいに大きくなり「信廣様」と伝令が声をあげた。馬を下り、傍に来て「どうしてここに」と不審な顔をした。

「心配なので迎えに来た」と答えると、地獄で仏に会ったような顔に変わり、「間もなく工藤様、鬼庭袋様も来られます」。

暫くして、馬上の鬼庭袋の笑顔が見え、信廣の下に走り寄って言った。

「やはり待ち伏せですが、うまくいなすことができました。怪我人が十五人ほど出ましたがアイヌを逆に五十以上討ちました。怪我人は比石館より船で向浜に送りました。

アイヌ軍は、大館の守りに五〇〇から六〇〇ほどと各館に三十ほど置き、タナケシの部隊二〇〇〇ほどでこちらに向かっています」

「そうか、ご苦労だった」

そこに使い番が来ると、

「中野館から山越えしているアイヌ軍一〇〇〇の部隊と別に、遅れた西部地方のアイヌ一〇〇〇がオシャマンべ方面から山越えし、クマイシに向かっているとのことです」

「大儀。合わせて二〇〇〇が天の川を渡ると、花沢館前後から四〇〇〇の攻撃をするつもりか」

信廣は両手を強く握ると唸るように声を出し、

「コシャマイン酋長よ、血迷うたか。兵の分散は、命取りだ」

信廣は笑いながら言った。

「知信よ、四十九里沢でアイヌ軍二〇〇〇を叩き、天の川で二〇〇〇を叩く。一度に四〇〇〇だと勝ち目なしだが、この戦、もらうぞ。知信、腹の空いている者には飯をやれ、一服し、すぐ出立する」

比石館方面を見るが狼煙は上がらない、踏ん張っているようだ。

「疲れているだろうが、立つぞ。四十九里沢で休める」

タナケシの部隊が来るまでに四十九里沢の配置をすませ、兵を休ませたい。

「知信、使い番に館に行き神明ノ沢方面の山越えとオシャマンべ方面からのアイヌの動きを聞いてくれ。それと工藤祐長、鬼庭袋達も無事戻ったと伝えよ」

「信廣様、狼煙が上がりました」

比石方向を見ると狼煙が二本見える。比石館が落ちた合図だ。

「鬼庭袋、四十九里沢まで、兵を急がせろ」

四十九里沢に下りて見ると水が少ない。水深は三尺ほど（一メートル弱）であるが、ほどんと流れていない。

今井吉兼が川の堰留めをしたのだろう。

四十九里沢に着くと、今井吉兼が走り寄って言った。

「信廣様、堰は留めました。弓矢、三〇〇〇本と兵糧、後は暫時、運べる手配をしたところです」

「繁綱、義宗、三〇〇名で左側面上に行け」

佐々木繁綱が「行くぞ」と号令を出した。

「知信は二〇〇名を連れて、右側面で沢を逃げるアイヌを衝け」

「祐長、吉兼、アイヌが浮足立ち逃げる。それを二〇〇で衝け、奴らは登り、こちらは下りだ」

「いいか、我ら一〇〇〇名、タナケシの部隊は二〇〇〇で別働隊と合流すると四〇〇〇になる。叩くのは今だ、砦、柵、川、備えは万全だ。早急に片づけるぞ！　即、アイヌ軍が敗走しだい天の川と館の守りに回る」信廣は叫んだ。

「奴らが来るのは夜明けだ、念のため、見張りを多くし夜襲に備え、交替で兵を休めろ。吉兼、堰が水圧に耐えられずに流れないよう、適当に水を吐き出せよ。皆も配置について休め、明日はつらいぞ」

義父の季繁からの伝令も、まだ天の川にアイヌ軍は姿を見せない、とのことである。

白む東の空、夜が明けてきたが、朝霧が深く、何も見えず、鳥のさえずりのみ聞こえる。

春、五月とはいえ蝦夷は寒い。用心のため、火は燃やさず、兵は身を寄せ合い、炭のみの暖を取っていた。

足音がし、吉兼の声がする。

「信廣様、物見（現在で言う忍びの者に近いか同じ）の話では、海岸線は霧が晴れているようですが、汐吹湊からの知らせで、敵はまだ見えないようです」

「そうか、タナケシの部隊は遅れているようだ。着くのは昼だな。義父上に知らせろ」

夜が明けるのを待ちわびるように、タナケシは言った。

「いいか、茂別館は大酋長が囲んでいる。松前の大館を落とした後は、上之国の花沢館のみだ。兵は五〇〇から六〇〇、物の数ではない、我らは二〇〇〇以上だ、それと中野から一〇〇〇とオシャマンベから一〇〇〇だ。四〇〇〇以上で一気に花沢館に攻め込むぞ。シャモは一人残らず殺せ、行くぞ！」

「おぉ！」とアイヌ兵が叫ぶと、いっせいに花沢館に向かい、飛び出した。

比石館から汐吹の湊まで二里、汐吹の湊より四十九里沢まで三里、アイヌ軍は夜明けとともに比石を出ても、着くのは早くて昼時であろう。

アイヌ軍が比石を出たと知らせが入った。海、山の二方面で合図を送る仕組みである。兵も起きだし物音があちこちでする。霧も晴れてきた。信廣は兵の配置を確認して歩く。兵の士気は高い。

皆で握り飯をほおばり待った。「アイヌ兵が登り始めました。二〇〇〇です」と物見の知らせが入る。

「皆に知らせろ、物音を立てるな、後は手筈通りにと伝えよ」

信廣は兵三〇〇人を一〇〇人ずつに分け、急斜面に間隔を空け三段構えにし、常に敵に弓矢一〇〇本を、連続で途切れなく射ることができる配置にした。

左側面の工藤、今井二〇〇も、同時に二〇〇本の矢を敵に放つことができるようにした。

狭い堀切の道である。アイヌ兵が入っても五〇〇ほどだろう。

アイヌ兵の足音と声がする。

「来るぞ、まだまだ」

先頭のアイヌ兵が駆け降りてくるが、小川を渡った上り坂に柵があるので戸惑いを見せ、止まった。しかし後続の兵が次々と坂を下ってきた。前のアイヌ兵達は否が応でも押し出され、止まることができず柵の前で立ち往生した。

「射ろ、射ろ、攻撃の太鼓を打て」信廣は砦の櫓から叫んだ。

太鼓が「ドン、ドン、ドン」と鳴った。

いっせいに弓矢が放たれた。一瞬、空が暗くなったと思うほどの矢の数である。

次から次に矢がアイヌ兵めがけて飛んできた。

敵兵の呻き、叫び声が木霊する。

その声をかき消すように信廣が叫ぶ。

「堰を切れ、合図の太鼓だ」

太鼓が凄い速さで打ち鳴らされる。

すぐさま水が渦を巻いて濁流と化し、アイヌ兵を襲った。水量は多くはないが、動揺する敵には十分な量である。矢で傷ついた敵兵の足元を、濁流がすくう。

兵が流された後に、また次の兵が押し出される、その兵を弓矢が襲う。地獄絵図のごときとは、このような場面をいうのか。

アイヌ軍も現状に気がつき兵を止めるが、逆に混乱を招き、悲鳴を上げ逃げ惑った。

水が少なくなり、ようやく退却を始めた。

「法螺貝を吹け」

信廣が怒鳴る。

法螺貝が鳴ると、ワァーッと歓声が上がった。今井吉兼、工藤祐長の二〇〇がまず出ると、佐々木繁綱と鬼庭袋義宗の部隊が追撃をかけた。

「行くぞ、続け」

信廣は怒鳴り走り出した。全部隊が一緒に駆け出した。

山を転げ落ちるように下るアイヌ兵を、小平知信隊二〇〇が横から弓と槍で攻撃する。

海辺まで、坂道を下り敵を追う。追いついては斬り、切っては追う。油で斬れなくなった刀を、ナタかマサカリのように、敵兵に振り下ろす。

四十九里浜に出るまで追った。

平地になりアイヌ軍も兵をまとめながら退却した。その数、七〇〇から八〇〇もいようか。

信廣は、無理な追撃をせず兵を止めた。

アイヌ軍の比石館を守る兵も、一〇〇や二〇〇はいるはずだ。深追いはまずい。それと花沢館も心配である。

「知信、各所に見張りを立てろ。洲根子砦に兵を一〇〇入れろ。注意を怠るなと言え」

「知信、義父上に状況を知らせろ」

「繁綱、館に兵を戻せ。途中、矢、武器を回収させろ。アイヌは矢に毒を塗っている、気をつけるように伝えろ」

次々に言いつけ、信廣は「戻るぞ」とアイヌ兵を追って来た道を引き返した。

途中坂道、あちこちに、アイヌ兵の死体が転がっていた。夥しい数の骸である。五〇〇は下らないであろうか、四十九里沢に着くと、四〇〇ほどのアイヌ兵が折り重なり倒れている。

川といい、道といい全て血の海である。川に流れた血が海まで流れ出て、戦場の坂道の土は赤く染まり滑る。

後に、その坂道は誰が言うともなしに「赤坂」と呼ばれ、そこを流れる川を渡る時、旅人は必ず手足を洗う。洗わないで川を渡ると必ず雨に降られるという。それは、そこで戦死したアイヌ兵の涙であり、いつしかその川を「手洗川」と言うようになった。

旅人は、アイヌ兵の霊を鎮めるため手足を洗い、手を合わせて渡るようになったのだった。

信廣が上之国寺に着くと、季繁や村人が歓声を上げた。村人も喜んでいる。彼らとて、アイヌに敗れると他の村落と同じように殺されることも考えられる。しかし逃げるところがないのだ。

季繁は「ご苦労だったのう」と歩み寄ってきた。

「何とか追い払いました。で、中野館の山越えとオシャマンベ方面のアイヌ軍の様子はどうですか？」

信廣が聞いた。

「山越えのアイヌ軍は神明ノ沢を越え、オシャマンベ方面のアイヌ軍はクマイシを越えた。明後日には天の川まで来る」

季繁は答えた。

館に戻り、体を洗って着替え、信廣は広間に行った。今井吉兼が「信廣様、倒したアイヌ兵の数、約七〇〇ほどです。こちらの被害は、死んだ兵一五〇人、負傷兵一五〇人です」と報告した。

「大勝利でございます」

タナケシの部隊に壊滅的打撃を与えた。

互いに顔を見合わせ笑い、そして一同、「おめでとうございます」と、上座の季繁と信廣に頭を下げた。

「激しい戦いであった」誰からとはなしに戦の自慢話を、身ぶり手ぶりで話している。

信廣が立ち上がり、言った。

「アイヌ兵の損失は二〇〇〇超えのうち、怪我人を入れると一三〇〇は下らないであろう。恐れと疲れで、大館まで下がることだろうが、アイヌ兵は未だ七〇〇〇は残っているのだ。皆、ゆめゆめ油断めさるな」

天の川の戦い

花沢館広間の軍議である。

工藤祐長が言った。

「物見の話では、明後日に天の川の対岸に別働隊であるオシャマンべのアイヌ軍一〇〇〇が到達予定です。中野からの別働隊一〇〇〇も同じ日、合流しだい天の川を渡るものと思われます」

「アイヌ兵約二〇〇〇人。我々の戦える者は八〇〇である。すでに橋は落とした。渡河できる浅瀬に柵を設け、土塁積も昨日までに終わった。後はアイヌが攻め込んで来るのを待つのみである」

信廣は言い続けた。

「花沢館には民のみ残すとし、八〇〇全員でアイヌ軍二〇〇〇の渡河を防ぐ。激しい戦いになるぞ。兵を十分休めてくれ。食い物と酒だけはある」

信廣はそう言って皆をねぎらった。

皆、帰った後、信廣は季繁の部屋に向かった。

「義父上、入ります」

「おう、入れ」と声がする。

「何だ。もう何を言っても驚かんぞ」蠣崎季繁は笑いながら信廣の顔を見た。

「義父上、明日、小鹿島（現秋田県男鹿市）へ渡ってくだされ。政季の殿のところへ行ってください」

「いかがした」

「今日はアイヌ二〇〇〇に我ら一〇〇〇でしたが、アイヌ軍の油断により、幸運にも、奇襲攻撃で何とか退けました。しかし戦える残りの兵は、かき集めても八〇〇、明後日はまた、アイヌ軍二〇〇〇が攻めて来ます。たとえ勝利しても、大館にはタナケシが一〇〇〇の兵を守りに入れていますし、茂別館を五〇〇〇ほどが包囲しています。我が蠣崎軍は全館の兵を集めても、二五〇〇です。対してアイヌ兵は七〇〇〇人以上、どう考えても勝ち目がありません」

「それで、わしに逃げろとな。それはできぬ相談だな。信廣殿を養子にした時、わしの全てを信廣殿に賭けている。それは今も変わらんし、これからも変わらぬ。死ぬ時は一緒だ。わしも武士の端くれ、恥は晒したくないでな。わしのことは心配するな。季子殿とて同じこと、信廣殿と生死を共にする覚悟はできている」

　繁季は信廣に語りかけるように言った。

「ありがたいことです」

信廣はこぼれ出そうな涙を堪え言った。


屋敷に帰ると、季子が飛ぶように出て来た。

「お怪我は」

「大丈夫だ」

「夕げは？」

「いただくが湯浴みが先だ」

季子が奥に声をかけた。

「茂助、風呂の湯加減見ておくれ。かよ、ご膳の支度を頼みます」

奥から返事が聞こえた。

信廣の身の回りは、季子が全てやる。お姫様育ちの二十歳とは思われぬ手際のよさであった。

「よかった、よかったわ」と涙を拭きながら信廣の背中を流した。

「心配をかけるのう。明後日再び、アイヌが攻めて来るが、何も心配することはない」

信廣は優しく言った。


翌朝は五月晴れの清々しい朝であった。

これから蝦夷地はよい気候となる。光廣を抱く季子とお茶を飲み、庭の躑躅を眺めている風情は、戦の最中とはとても思えなかった。

「繁綱に衆議を開くと言え」

　信廣が声をかけた。

　ほどなく太鼓が鳴り響く。音の間隔で集合時間がだいたい分かるようになっている。信廣も着替え、館に向かった。季繁の部屋に行き、挨拶し、共に広間に向かった。

　季繁が席に着くなり言った。

「昨日は、誠にご苦労であった。昨日は皆のお蔭で勝利を得たが、しかし一時アイヌを退却させただけ、戦はこれからだ。昨日の戦での恩賞をと考え、信廣殿と相談の上、金銭でということになったゆえ、帰りに受け取るがよい」

　兵達のどよめきが上がった。

　信廣が立ち上がり、

「明日、タナケシの部隊が敗走したことをまだ知らぬ別働隊は、タナケシより優位な場所に陣を張ろうと、遮二無二、朝早く天の川を渡るはずである。橋はすでに落とした。よってアイヌが渡るのは一ヵ所の浅瀬のみ。その浅瀬の中ほどの水面下に杭を打ち、それと川岸に一間ほどの高さの柵を設けてある」

　そう言って信廣は佐々木繁綱を見た。

　佐々木が立つと「わしと鬼庭袋隊二〇〇、工藤・今井隊二〇〇、小平知信二〇〇、本隊信廣様二〇〇、お館様、小山隆政殿（季繁の家臣）が館に残る」と言った。

「浅瀬の正面にわしと小平知信で四〇〇を本隊とす。工藤祐長、今井吉兼の二〇〇は上流側に潜め。ここ、佐々木繁綱、鬼庭袋義宗の二〇〇は下流に潜め。アイヌに見えるのは我が本隊四〇〇のみと思わせるのだ。

皆の者、アイヌと戦うには、平地での接近戦か奇襲攻撃で攪乱するしかない。さすれば、戦を知らぬアイヌ兵は、命令に従うことなく勝手に動く。それと、アイヌの弓矢の届かぬ距離を保つ必要がある。我が軍の弓矢はアイヌの弓より十間以上は飛ぶ。その距離を頭に置け。アイヌの矢は毒が塗ってあるものもあるぞ。心してかかれ」

近寄り難いほどの信廣の威厳であった。

佐々木繁綱をはじめ、若狭から共に来た者達は、人とはこれほど変われるものであろうか、命を預け、主君と仰いだ己達の目に狂いはなかった、と皆、涙がこぼれる思いであった。

「皆の者、下之国の茂別館は包囲され、松前の大館は落ちた。今、頼みの綱は、ここ花沢館だけだ。何としても負けるわけにはいかぬ。我々が敗れると、一気にアイヌ軍が茂別館に攻めかかることだろう。六〇〇〇以上の兵力だ。数日で落ちることは必定。この蝦夷地に我々の生きる場所は皆無となる。ここで勝って松前、下之国を救うのじゃ、頼みますぞ」

蠣崎季繁は悲痛な顔で言った。

衆議が終わると、幅一間にも満たない曲がりくねる道を、信廣は洲根子の岬まで器用な手綱さばきで馬を走らせた。

心地よい風が顔を撫でる。

信廣はこの岬が好きである。

ここに立つと若狭の国と母を思い出す。

これからは躑躅、ハマナス、百合、りんどう、カルカヤ等々、北国の花が咲き乱れる。

「必ず勝つ」信廣は海に語るように何度もつぶやいた。


花沢館の広間。絵図を中に皆、車座に座っている。

「信廣様の陣立ての詳細だ。敵の正面に信廣様本隊二〇〇と、小平知信殿二〇〇の四〇〇が陣を敷き、その上流に工藤、今井殿の二〇〇が茂みに潜む。下流後方にわしと鬼庭袋二〇〇が潜む」

そう言い終えると、佐々木繁綱はニヤリと笑った。

「信廣様の頭の中はどのようになっておるのか。四十九里沢、この天の川の陣立てといい、負ける気がせぬから不思議よのう」

皆、うなずく。

そこに信廣が戻ると、慌てたように皆が車座を崩した。

「いかがした、わしの悪口でも言っておったか、義宗」

鬼庭袋は慌てて「否、拙者は何も」と否定した。

「ならば吉兼か」

「違います」と今井吉兼が手を振る。

「信廣様、二人共困っております」堪りかねて佐々木が言うと、

「戯言だ繁綱、怒るな」

信廣の一言で皆、大笑いとなった。

「敵は正面の我ら四〇〇を見て少数と侮り、いっせいに川を渡り、攻めかかって来る。川を渡る足場の悪いアイヌ軍を、二〇〇から三〇〇人倒し、花沢館までに五〇〇はアイヌの勢力を削ぎたい。一五〇〇であれば館で迎え討てる数だ。まず初戦でアイヌを叩くのだ。それには川を渡る兵をいくら倒せるかにかかる。ここ花沢館の備えは万全、一五〇〇のアイヌでは落ちぬが、しかし大舘には一〇〇〇以上はいる。ここで完膚なきまでアイヌ軍を叩く必要がある。皆、頼むぞ」


夜明け前に天の川の河原に陣を敷き、アイヌ軍を待つ。

霧が立つ。今日も晴れそうだ。五月末、蝦夷地はまだ朝夕は冷える。

笹山に日が昇ると同時に、対岸にアイヌ軍の姿が、朝日を背に川霧の向こうに浮かんだ。

「来るぞ」小平知信が叫ぶ。

アイヌ軍の騎馬が二十騎ほど、対岸より水飛沫を上げ浅瀬を渡り、対岸の信廣本隊めがけ駆けてきた。その後を三〇〇ほどの兵がついて走っている。

「アイヌの騎馬か、蝦夷地の馬ではない。南部め、まさかアイヌ軍に助勢を」

南部光政の顔が信廣の脳裏をよぎった。

アイヌは狩りにあまり馬は使用しないと聞いている。もちろんアイヌ軍に騎馬は少ないはずだ。

「用心せねばなるまい」再びつぶやく。

浅瀬の幅はせいぜい七間（約十三メートル）。アイヌ軍は次々と川に入った。

信廣は「まだ、まだ」と手を上げたままだ。

アイヌの騎馬隊が、川の中央に設置した水面下の見えぬ柵に足を取られ、騎馬が転倒したり、立ち往生している。

信廣の上げた手が下りると同時に、太鼓がドンドンと響いた。

本隊二〇〇がいっせいに矢を射る。時間差で後の二〇〇が射る。アイヌの騎馬隊はバタバタと水飛沫を上げ川に落ちた。

ついてきたアイヌ兵も、川の水位が膝まであり、水中の柵や杭が邪魔で自由が利かない。面白いように矢がアイヌ兵に当たった。

アイヌ兵は水中の柵で身動きが取れず、その場に佇み、矢に射られるのだが、他のアイヌ軍一五〇〇以上が、対岸の霧の中から押し出して来る。「進め！　進め！」という声が幾度も聞こえる。

「敵の数は少ないぞ」

「渡れ！　渡れ！」

杭が抜かれ、アイヌ兵がだんだん近くなり、二段目の柵にアイヌ軍は進む。本隊四〇〇の矢にアイヌ兵が川中に倒れ、流れていく。

それでもアイヌ軍は突き進む。

川を渡り、川岸の二段目の柵に群がり、押し倒そうとする。

そんなアイヌ兵をめがけ、四〇〇本の矢が容赦なく突き刺さる。

柵が破られる頃合いを見てとると、信廣が「槍を持て」と叫んだ。

「槍を持て」小平知信も続く。

本隊の四〇〇が弓を槍に持ち替える。

「知信、行け！」と叫ぶ。

「押し出せ」と小平知信が叫ぶと、いっせいに兵達は柵めがけて走った。

「一人も陸に上げるな！　突け！　突け！」

柵に取りつくアイヌ兵を突く。

しかしアイヌ軍は倍以上の数である。だんだんと数を増し、ついに柵は破られ、アイヌ軍は歓声を上げた。

しかし、四〇〇の本隊がアイヌ軍の上陸は許さじと懸命に槍を突き出す。アイヌ兵と蠣崎の兵が倒れ、ある者は流れ、ある者は水辺に横たわり、呻き声を上げている。

長槍の前に苦戦していたアイヌ兵も、倒れた兵を乗り越え、数に物を言わせ、徐々に陸に上がりだしてきた。

信廣はそれを見て「法螺貝を吹け！」と怒鳴った。

法螺貝の音と共に、蠣崎軍四〇〇の兵がアイヌ軍二〇〇〇の前にだんだんと押され、敗走を始めた。

少なくともアイヌ軍の目にはそう映った。

陸に上がった四〇〇ほどのアイヌ軍が、蠣崎軍を追い、河原に縦長に伸びた。

「今だ！」と、馬上の信廣の手が上がり、太鼓が再び鳴らされた。

川下の高台に身を隠していた佐々木、鬼庭袋隊二〇〇が、アイヌ軍の縦長に河原に伸びた脇腹めがけ、歓声を上げながら襲いかかった。

アイヌ軍の動揺を見てとり、敗走していた蠣崎軍本隊が反転した。信廣が「突撃、突撃！」と叫びながら太刀を上げ、アイヌ軍めがけて襲いかかった。

アイヌ軍は、前面より反転した蠣崎軍四〇〇と、側面より出て来た佐々木隊が「殺せ、殺せ」と大声を張り上げ襲いかかるのを見ると、「退け！　退け」という声とともに逃げ惑った。

法螺貝が吹かれると、満を持して佐々木、工藤隊が一気にアイヌ軍に突き進む。

蠣崎軍の前面に本隊の四〇〇、後方より工藤、今井隊二〇〇、側面から佐々木・鬼庭袋と三方からの攻めに、行き場のないアイヌ兵は、残された一方の川に飛び込んだ。

瞬く間に倒れた兵を目の当たりにし、アイヌ軍はさすがに動きを止めた。

それを見て信廣は「退け！」と叫んだ。

佐々木繁綱は「傷ついた者を助けろ」「傷ついた者を運べ」と叫ぶ。

「館まで走れ、走れ」信廣は大声で叫ぶ。

アイヌ軍の動きを見ると、兵を集め怪我人を収容し、隊を整えるのに精一杯のようだ。

高台でしばし様子を見るが、アイヌ軍はまだ動く気配はない。蠣崎軍の各隊も撤収し、残るは信廣の供回り三十ほどである。

「今日はこれまでだな」

「館に帰るぞ」


館へ続く登り坂の上部の石垣に兵が並び、弓を構えていた。

館に入ると皆が寄ってくる。

「怪我はないですか？」今井吉兼が聞いてきた。

「大丈夫だ」信廣は答えた。

季繁が足早に近づき、

「信廣殿、ようやった」

「ありがとうございます。さて、皆、集まってくれ、ご苦労です」

信廣は皆の顔を見渡し、続けた。

「もうひと息だ、おそらくアイヌ軍は、合流すべきタナケシ二〇〇〇が来てないのを知るはずだ。ただ遅れているのか、それとも余りにも我が軍の抵抗が激しいのを見て引いたのか、調べているのだろう。見たところアイヌ兵は四〇〇から五〇〇は死んだか傷を負っていようて、残るは一五〇〇だ」

皆がうなずく。

そこに、比石館の厚谷重政が来た。

「信廣殿」と顔中を涙で濡らし、駆け寄ってきた。

「重政殿、無事でしたか。案じておりました」

信廣が重政の手を握りながら言うと、

「館が落ちた時、負傷兵が多く、全員が乗船できずに、わしと十人ほどが山に逃げ込みました。館の付近に様子を見にやると、花沢館の方角より松前方向に敗走するアイヌ軍を見たと言う村人に会ったとのことで、山を下りて見ると　アイヌが館を捨て、逃げていました。よほど急いでいたのか、武具、食糧もそのままでした。

昨日から大館、禰保田館、原口館の兵が次々と逃げ込んできて一〇〇近くが集まりましたので、役に立てばと思い、駆けつけました」

と信廣の手を握ったまま、厚谷重政は話した。

「それはありがたいです、兵は一人でも多いと助かります。これで我が軍の士気も高くなることでしょう」

信廣が言うと、厚谷重政は、涙で濡れた顔一杯に笑みを浮かべ、何度もうなずいた。

花沢館の戦い

信廣は花沢館の櫓に座っていた。頬に冷たい潮風が当たり痛いほどである。朝日に光る海も静かに夜が明けてくると朝の光が眩い。その光の中に天の川の流れと、朝日に光る海もいつもと変わらない。カラスが人間の愚かさを嘲笑うように幾度も鳴く。小鳥のさえずりが耳に痛い。なぜか責められているようにさえ感じる。

この二日間、戦とはいえ余りに多くの人を殺した。以前は南部と戦ったが、逃げる南部軍をただ追ったのみで、戦らしい戦は、今回が初めてである。

遅い初陣だなと、一人苦笑いする。

小平知信が「ここでしたか」と登って来た。

「そろそろ刻限です」

「知信よ、戦とはいえ、多くの人を殺した」信廣は苦い顔をする。

「一度は通らねばならぬ道ですから……。信廣様、生きるため、鬼にも、蛇にもなっていただきます」知信もつらそうだ。

「そうだな、知信よ、弱気は禁物だ。すぐに兵に伝わるからな。ここは心を鬼にしてかかろうぞ」

胸のうちを微塵も表すことなく、皆の前に出た信廣は言った。

「アイヌが退かず攻めて来たら皆殺しだ、いいな」

「おお！」と兵は手を空に突き上げた。

士気はまだ十分である。

「完膚なきまでアイヌ軍を叩き、我が軍の強さを示すのだ。本日より蠣崎軍は、この蝦夷地において大軍になることを願い、何々隊に替わって一陣、二陣と呼ぶことにする。それでは陣立てをする」

信廣は声を張り上げた。

佐々木繁綱が告げる。

「工藤、今井殿を第一陣とする。二五〇を連れ、手筈通り沢越えをし、背後に回ってくれ。拙者と鬼庭袋殿を第二陣にし、二五〇で石垣の壕に伏せる。本陣は信廣様二〇〇、遊撃・旗本とし、小平殿二〇〇、計四〇〇で表門です」

「配置につけ」

「おお！」と皆、散っていった。

信廣は櫓に上がり、天の川方向を見た。まだアイヌ軍の姿は見えない。

石垣の上の壕に石、木材、油が用意されている。表門までの坂道にくの字に横断する溝がジグザグに掘られている。鰯油及び火の水（原油）を混ぜた油を流し込むためである。

歓声を上げたアイヌ兵の姿が見え始めた。花沢館への坂道を登って来る。

「来たぞ」

小平知信が怒鳴った。

二陣の鬼庭袋義宗が信廣の軍配を見ている。

「まだだ」信廣の声がする。

表門の近くまでアイヌ兵が登るのを見るや、信廣が軍配を大きく挙げる。

鬼庭袋が「落とせ」と怒鳴った。

左斜面上からいっせいに石、丸太が転がり落ち、アイヌ兵をなぎ倒す。櫓の上と開いた表門からは、弓矢がいっせいに射られる。

表門近くまで登った二〇〇ほどのアイヌ兵は、瞬く間に石、木材の下になるか、斜面を転がり落ちた。そして弓矢で射られ、立っている兵がいない状態だ。

アイヌ軍の二回目の攻撃は、味方の屍と負傷した者を乗り越え坂道を登るが、先ほどと同じ場面が展開する。

アイヌ軍の攻撃は止み、陽が落ち、だんだんと辺りが暗闇となっていく。

「篝火を燃やせ、油断するなよ、夜襲があるかも知れんぞ、飯は食ったか？」

信廣が声をかけて歩く。

飯、水・武器の準備、手配等々全て、季繁がする。戦での兵数、配置を軍議で聞き、判断するのである。

　夜中、「信廣様」と小平知信の声がした。

「どうした」

「アイヌが二十人ほど坂道に来ています。どうやら骸や負傷兵を引き揚げるためでしょう」

　間を置き、「どうします？」と聞く。

「手出しはいたさぬゆえ、早く連れ帰れと、声をかけろ。皆にも絶対手を出すなと伝えよ、明日は我が身だ」

「分かりました」

　夜が明けだし、館の中も動きだしたようだ。

　起き上がり、見るといつの間にか庭に兵達が立ち、警護をしている。

　物見が「ただ今、アイヌ軍の煙が登り始めました」と報告をする。

「ご苦労」

　信廣の声に応じるかのように、広間のあちこちから起き上がる音がする。主だった者が信廣の身辺を守るため、遠巻きに寝ていたのだ。

　ありがたいことであるが、信廣は知らぬ顔で「今日で終わりにしようぞ、行くぞ」と立ち上がる。

「いいか、アイヌ軍はタナケシが四十九里沢で敗れたことを知ったはずだ。長引くのは不利と考え、総攻めで来るだろう。しかし館への坂道は狭い。四〇〇から五〇〇が一杯であろうし、昨日の攻撃で兵を損じている、残り一二〇〇人ほどだろう。

一回目の攻撃に総力をかけてくるが、失敗すると引き揚げるしかない。その時、全兵力で総攻撃だ、いいな、配置につけ」

続けて、小平知信に向かい、

「工藤の一陣に伝えよ、法螺貝が三度鳴ったら攻撃に出て、アイヌ軍の退路を断て、と使いを出せ」

「は」と答え、小平知信が去る。

いつの間にか、夜が明けていた。

ここまで奇跡に近い勝ち戦であるが、勝っても、まだ七〇〇〇のアイヌ軍が存在する。萎える胸を二度、三度と信廣は拳で打った。

下方で鐘の音と共に歓声が上がる。

敵来襲の太鼓が鳴り響く。

信廣は、櫓に駆け登ると同時にアイヌ兵が登って来るのが見えた。

石垣上の二陣の佐々木、鬼庭袋に信廣が合図を送ると、いっせいにアイヌ兵めがけて矢が二度三度と唸りを立て飛んでいく。

止まって弓を放つ者、ひたすら登ってくる者、アイヌ兵は次々と倒れる同胞を乗り越え、坂道を登り、表門近くまで寄せて来た。

信廣の軍配が下方に動くと、二陣の佐々木隊が溝に油を注ぐ。油は蛇のように溝を流れる。

再び信廣の軍配が大きく横に動き、円を描くと、それを待っていたように、溝をめがけ火矢が次々と放たれた。

一気に溝を火が走る。それに合わせるように、石と材木がアイヌ兵に転がり込むが、それでもアイヌ兵は次々と登ろうとする。

溝が火をあげ、溢れた油に火がつく。登り坂は一瞬にして火の海と化す。乾燥した草に油をつけた、大きなわら玉が火を噴きながら斜面を転げ落ちる。凄惨な地獄絵図が展開し、石、材木、火に襲われたアイヌ兵は敗走し始める。

「行くぞ！」

信廣の怒鳴り声を合図に、総攻撃の法螺貝が鳴る。

館の表門が開き、いっせいにまだ火の手が残る坂道に兵が飛び出した。逃れようとするアイヌ兵を切り倒し、骸を飛び越えて坂道をいっせいに駆け降りる。

天の川の河原沿いの平地に、アイヌ軍は本隊五〇〇から六〇〇で陣を張り、蠣崎軍が館を出るのを待ち構えている。

「法螺貝を吹け」

再び、信廣が怒鳴る。

昨日から潜み待ち構える一陣の工藤隊二五〇が、満を持して、河原のアイヌ本隊の斜め背面から弓矢を放つ。

蠣崎軍は弓矢が届くところで前進を止め、距離を取りつつ、矢を射る。アイヌは狩り用に動きやすい短い弓を使うため、飛距離は蠣崎軍より短い。矢を放っても蠣崎軍まで届かない。

アイヌ軍は耐えきれず崩れだすと浅瀬をめがけ走り出した。

信廣が叫ぶ。太鼓と法螺貝が鳴りだす。

「今だ、総攻めだ」

本陣の四〇〇と一陣の二五〇が追撃を開始する。それを見た二陣もアイヌ軍めがけて走った。勢いづいた蠣崎軍が圧倒的に有利であるが、アイヌ軍も退きながらも、交代で弓を射るので追尾できない。

「アイヌの弓矢に気をつけろ」

佐々木繁綱と小平知信が叫んでいる。矢には毒が塗られていることがあるため、アイヌ兵に弓矢を射られると、兵の損失が甚大なのである。

四〇〇から五〇〇余りのアイヌ軍の残兵は、瞬く間に壊滅的状態となった。動けるアイヌ兵は川に逃げ込んだが、ほとんどが蠣崎軍の矢に倒れ、そのまま溺れ死んだのである。向こう岸に上がったアイヌは五〇〇もいないだろう。

信廣は「終わったな」とつぶやいた。

蠣崎軍の勝ち鬨があちこちで湧き上がる。

蠣崎軍は信廣を先頭に、花沢館に凱旋である。

花沢館より「戻り太鼓」の凱旋太鼓の音が聞こえた。

館の登り口に着く坂道は綺麗に掃除され、民が館までの坂道を、アイヌと蠣崎軍の亡骸や丸太、石等を片づけ清掃してくれていた。坂道の中央に砂が途切れることなく、清めのために小さく盛られている。

これから後、道を清める行いは、蠣崎軍が出陣及び凱旋時、また神事の際に必ず行われることになる。この道を清める盛り砂は、武士や神事を執り行う者のみ踏んだり、跨いだりすることができる。他の者が踏んだりすると、重罰に処せられる、神聖な儀式なのである。

蠣崎軍はゆっくりと花沢館へと進み、表門には、季繁と妻の季子が待っていた。

信廣と義父の蠣崎季繁と握手をする。

いっせいに「えぃ、えぃ、おォ！」とあちこちで、木霊のように勝ち鬨が湧き上がる。

季繁が「皆、よう頑張ってくれた。礼を申し上げる。食い物と酒だけは十分にあるので思う存分やってくれ」

花沢館は夜半まで勝利の美酒に酔いしれ、大騒ぎである。

信廣は皆と喜びを分かち合った後、家に帰ると、季子が走って来る。

「お帰りなさいませ」と手を取り、部屋に入るなり、信廣を見ながらうれしそうに言う。

「全身異常なし」

季子は、今は光廣という子の母であるが、乳母に育てられ、十六歳で養女となり、親の愛情も余り知らず成長し、結婚した。救われるのは好いた相手に嫁いだことだろう。母親を幼くして亡くし、父親とも共に暮らした覚えも少ないが、今は愛する夫と子がいる。

季子にとっては今が一番幸せな時なのだろう。

「光廣は寝たのか」

「もう夜半ですよ、とっくに寝ました」

怒ったような顔をした季子を見て、思わず笑う。

季子もつられて微笑んだが、「まだ戦は続くのですか?」と聞いた。

「軍備を整えた後に、松前、下之国の様子を見てから決める。心配をするな」と答えると同時に、信廣はいびきをかいていた。

翌日は朝から、まるで昨日までの戦を洗い流すかのような大雨となった。

館に向かう途中、兵達が弓、矢、槍、刀を戦場から拾い集め、洗い、補修しているのが見えた。季繁の指示であろう。

広間では、皆が興奮冷めやらぬ様子で戦の話をしている。戦が始まって以降、広間は会議場ばかりか、寝床、食事処、娯楽室も兼ねるようになっていた。

「早いな」と信廣は声をかけ、入る。

皆、慌てて居住まいを正し「信廣様も早いですね」と答える。

「ひどい雨だな」

誰かの「昨日でなくてよかった」との言葉に、信廣もそう思った。

戦の成果を各々、得々と、広間で戦談議に花が咲いているところへ、「大館から逃げて来た兵がお知らせしたいことがあるそうです」との知らせが入った。

「すぐ呼べ」

この雨の中、走るに走ったのだろう、ずぶ濡れの体が動けないほど疲れきって話もできない様である。「大館の下国定季様が捕えられました」と報告するなり倒れた。

水を飲ませると、少し落ち着いたのか、

「大館にアイヌが攻め込んだ時、一時は山に逃れましたが、アイヌの山狩りで見つけられ捕えられました。花沢館に来る途中に、アイヌが引き揚げるところに出遭いました」

「数はいかほどだ」と、小平知信が聞く。

「定かではありませんが、五〇〇ほどが負傷した者達の前後を守っておりました。数は、怪我人も入れると、七〇〇は下らないと見受けました」

「そうか、大儀」

「信廣様、アイヌの勢力は大館のタナケシが約一五〇〇、茂別館を包囲している五〇〇〇、それに落ちた、中野、覃部（オヨへ）穏内、脇本、中野館にも、兵がいるでしょう、アイヌ軍は六五〇〇を下らないと考えます」

佐々木繁綱が渋い顔をしながら言う。

「こちらは花沢館の守りに一〇〇置くと八〇〇がいっぱいか。また苦しい戦いが始まる」

「この数で茂別館まで行けますか」

繁綱をはじめ、広間にいる全員が信廣を見る。大館を奪い返すことさえ無理であるまいか、と不安気な顔だ。

「タナケシが大館に入ったということは、原口、禰保田館を捨てたということだ」

「大館に兵を集め、我らを待つということか」

今井吉兼が呻く。

「倍の勢力の大館をいかに陥落させるか、至難の業だな」と、鬼庭袋義宗も呻く。

庭の早咲きの躑躅が雨に打たれて散り、赤い花弁が水溜に浮いていた。明日から六月。ようやく蝦夷地もいい季節になる。魚介類、山菜が採れる季節である。

雨が小降りとなり、空が明るくなってきた。

皆は広間に座り、昨日の戦自慢を小声で話している。

信廣は、広間を檻の中の熊のように行ったり来たりする。

何か考える時の癖だ。動きを止めると、突然、

「吉兼、地図を持って来てくれ」

と言った。今井吉兼が足早に出て行く。

信廣は上段の畳に横になると、急に眠気に襲われた。

皆も、信廣を起こさぬように話を止め、広間に各々横になる。

足音で信廣は目が覚めた。

季繁が心配そうに足を止め、広間で皆が寝ているのを見ている。

「義父上、どうなされました」

「あまり静かなので来てみたら、皆が横になっているので驚いたのだ」

広間のあちこちから笑い声が聞こえる。

いつの間にか雨は止んで、西日が射していた。

信廣は吉兼が地図を差し出すのを受け取り、庭に降り立つ。

雨上がりの新緑がさわやかに目に入る。空気が洗われ、笹山がいつもより近くに見えるような気がする。

信廣が「行くか」と笹山に話しかけるように言う。不思議そうに家臣達が信廣を見た。

「皆、集まれ」

いっせいに広間の中央に寄った一人一人の顔を見て、信廣は、

「話を聞いてくれ。現在、敵兵力は、約六五〇〇、我が軍は一〇〇〇、と敵が六倍の数であろう。コシャマインはタナケシ達が敗れたことを知ると、現在包囲中の茂別館を総攻撃し、ここ上之国に来るのは必定である。五〇〇〇以上のアイヌ軍、それもコシャマインの本隊だ」

信廣は一気に話す。

繁綱は信廣の顔を睨み、

「コシャマインを待ってここ花沢館で戦う、とアイヌ軍は全勢力で攻めて来るでしょう。さすれば、我々は五日いや三日持てばいい方でしょう」

「いかにも。休戦、和解も考えたが、コシャマインは余りにも兵を失い、引くに引けぬだろう」

信廣は言った。

「長引けば長引くほど、アイヌ軍は東部、西部、北部から集まる可能性もあります」

と、繁綱は続ける。

「我らには、待つ援軍はなし」

信廣は言葉をそこで切ると、一同の顔を見渡す。

「短期間にいかにアイヌ軍を殲滅するか、コシャマインの息の根を止めるかにかかっているのだが、勝算は一割ほど。さてどうする。何か策はないか」

と問いかけるが、誰も口を開こうとしない。

信廣は季繁の顔を見た。

「茂別館まで七ヵ所の館の奪還を、たった一〇〇〇に満たぬ兵で戦うのです。無謀以外の何物でもありませんが、他に道はないでしょう」

それを聞き季繁は「信廣殿、我々は信廣殿にどこまでもついて行く。のう、皆の者」と見渡す。

皆、うなずいた。佐々木繁綱は姿勢を正し、信廣を見上げ、

「我々一同、信廣様に命を預けております。どのような下知にでも喜んで従いまする」

信廣に一同、繁綱と共に頭を下げる。

「戦備を整えしだい、大館に向かう。下国定季殿を救出した後、一気に各館を落とし、包囲されている茂別館を救う。非常に困難で、犠牲も多いが、待っても援軍のない我ら、坐して死を待つよりは、討って出て、コシャマイン酋長を討つ。ついて来てくれるか」

広間に「おおー」と歓声が響く。

「皆の命、私が預かる」

再び「おおーっ」と大広間に何度も男達の叫び声が木霊する。

「出陣を明後日、六月三日とする、抜かりなく準備を頼む。兵糧、武器、馬の数は義父上と相談し、すぐ知らせる。今日は皆、休め。早く家に帰れ」

と言い、信廣は微笑んだ。

皆も笑い、それでは帰るかと、三々五々、大広間を出て行った。彼らを見送って季繁は、「信廣殿、一献どうだ」と声をかけた。

「いいですね。知信、酒と肴を頼む」

「は、ただ今」と知信の返事が聞こえる。

「知信は不思議な男だな。常にそなたの傍にいつの間にかおる。どんな生い立ちなのだ？」不審顔の季繁が聞く。

「忍びの術を心得ており、算術も得意で、特に剣は強いです。私も勝ったことがありません。子供の頃より手加減はせず、いつも泣かされてばかりいました」

「知信は何歳だ」

「確か三十六、七歳だと思います。私が物心ついた時は、すでに傍らにいました。

　私の叔父なのか兄なのか、知信本人に聞いても、ただ笑っているだけで答えません。私が、母の元を離れ、武田の父のところに来る時、ついて来ました。母上からは、何でも知信に相談をしなさい、と言われております。ただ、言えるのは、知信に何度救われたか、今、命あるは知信のお蔭です」

「そうか」と季繁は考える様子を見せた。

「何か？」

「そなたも知っている布施の娘で名は多恵と言うのだが、許婚が幼い頃より体が弱くてな、病気の平癒しだい祝言をと考えていたらしいが、癒えることなく身罷った。病気平癒を待ち、婚期も過ぎ、許嫁先の親御にも遠慮したのか未だ嫁いでいない。

　布施もそんな多恵を不憫に思っていた矢先、今度は息子を亡くした。それで信廣殿に仕えている知信を見て、わしに頼みに来たのだ。布施の言うのには、知信を信廣殿が身近に置いているのを見て、『信用できる御仁だと思いますので何とか、婿に』と」

　季繁は話を続ける。

「私もよい縁かも知れないと思う。また、布施の家を存続させたいと思うので、私からも、お願いする」

「折を見て知信に聞いておきます」

「頼む」季繁は答え、信廣の顔をしげしげと見た。

「それにしても私はよい婿殿を得たものじゃ」

そこに季子が光廣を抱き、廊下を歩いて来た。

「知信に聞いたら、ここだと申しましたので。はい。父上と、おじい様ですよ」

季子は、ふざけたように言う。

季繁は安東一族だが季子は主君安東政季の息女である、信廣も結婚前まで姫様、と呼んでいた。

季子は信廣にもまた養父の季繁にも、家臣に対するような態度は微塵も見せたことはない。いかに好いた相手といえ、そうできることではないだろう。そんな娘の様子に、季繁も感心しきりであった。

知信が酒と肴を持って来る。膳を二人の前に置き、立ち去ろうとするのを信廣が止める。

「知信、座れ。機会があったら後で話そうと思ったのだが、皆、そろったので話す。知信、布施作左衛門殿を知っているな」

不審そうに知信が信廣の顔を見て、「は」と答える。

「布施殿のご息女で多恵と申すのだが、知信にと、義父上が頼まれたそうだ」

「は」知信は困惑気味に返事をすると、

「しかし、私は妻を持たぬと決めています」

季繁が「知信、布施の家も息子を病で亡くし、跡取りがいないのでな」と口添えしても、「しかし」と、煮え切らない。

知信は信廣の母に、自分は生涯、信廣の傍らにおり、守ると約束していた。妻を娶るなどゆめゆめ考えていなかったのだ。

「多恵さんは私も知っていますが、よい娘さんですよ」と季子が後を引き取る。

「知信さん、多恵さんと一緒になりなさい」

知信は助けを求めるように信廣の顔を見たが、信廣は「季子が言ったら、くつがえすのは無理だ」と目で答えた。

「知信さん、分かったわね」

知信は季子に、さん、づけで呼ばれ、観念したように信廣の顔を見たので、信廣が思わず笑うと、季繁も声をあげて笑う。

知信は「よろしくお願い申し上げます」と手をつく。突然、季子が、

「信廣殿、行きましょう」

「どこに」信廣が聞くと、

「どこへって布施殿の所です」

「今、か？」信廣が言うと、

「今です」と季子が答える。

季繁が二人のやり取りを聞き、

「信廣殿、戦支度はわしがする。細部は後で相談いたす。知信、いいのだな」と聞くと、知信は信廣を見る。その目が「仕方ないです」と言っているようにも、「何とかしてください」と言っているようにも、信廣には映る。

信廣がどうしたものか迷っていると、季子が季繁に光廣を手渡し、「光廣をしばし頼みます」と言い、信廣の顔を見て「では、信廣殿、行きますか」と、さっさと先に歩き出す。

布施家は花沢館からはそう遠くない。並んで歩く信廣達の姿を認め、村人は驚き慌てて頭を下げる。

「信廣殿と、こうして二人きりで歩くのは初めてですね」

ほどなく、布施作左衛門の家に着いた。門前で「作左衛門殿は在宅か」と声をかける。

使用人が出て二人を見て、「少々お待ちください」と大声で言うと、「旦那様」と呼びながら走る。

作左衛門が出て来ると、「どうしてまた、信廣様、姫様」とひざまずく。布施作左衛門にとっては、誠に名誉なことであろう。

「作左衛門殿、実は義父上から多恵殿の話を聞きましてな、季子がすぐ行くと言い出し突然訪ねたしだいです」

「私共が館に出向きましたのに」と、作左衛門は申し訳なさそうに二人を見る。

「どうぞ中にお入りください」

　二人が家の中に入る。

「作左衛門殿、多恵さんとは館で何度も会っております」

　まず、季子が口を開いた。

「もったいないことです」

　季子は信廣と結婚したとはいえ、蠣崎季繁が仕える安東政季の息女である。布施作左衛門は、季子からすると陪臣であり、普通では口も聞けぬ相手である。

　そこに多恵が「失礼します」とお茶を持って来た。

　二人の前で手をつき、

「このたびは、私のような者のためにご足労いただき、ありがとうございます」

「多恵殿、作左衛門殿から話を聞いていると思いますが、知信を知っていますか」

「はい、お館で何度かお見かけしました」

「どう思われましたか」

　遠慮なしに、季子は尋ねる。

「優しそうな、お方だと思いました」

「それはようございました」

　信廣が、季子の後を引き取った。

「多恵殿、単刀直入に聞きます。知信との婚姻だがよろしいか」

　多恵は顔を上げると、ためらいと困惑の眼差しで信廣を見た。

「多恵殿、急な話で驚いたことだろう」

と多恵を信廣は見ると話しだす。

「実は小平知信は私の縁者で、兄とも思っている者です。私のために妻女もとらずにこの後も生きていくつもりでしょう。しかし私はそんな知信が不憫でならないのです。多恵さんのような良き妻を、そして子供をもうけ幸せになって欲しいのです」

多恵はしばしうつむき、そして優しそうな眼差しを信廣に向け、

「宜しくお願い致します」

手を付いて言った。

「そうですか、それは良かった」

布施作左衛門に向きなおると、

「作左衛門殿、明後日は出陣だ、それで明日、仮祝言を挙げたいと思う。作左衛門殿、多恵殿、よろしいか」

と信廣は聞いた。

「は、よろしくお願い申し上げます」

と二人は頭を下げた。

コシャマインは怒鳴る。

「まだ知らせはないのか」

おかしい。大館から花沢館に向かうとタナケシからの報告が来てから十日が過ぎようとしていた。

遅れて出た中野から山越しに上之国花沢館への一〇〇〇、そしてクマイシ方面からもう一隊一〇〇〇で、二〇〇〇である。それとタナケシの隊二五〇〇、計四五〇〇で花沢館を挟み撃ちにする策である。

花沢館の兵は、一〇〇〇にも満たないはずだ。

せいぜい五〇〇か六〇〇だろう。何のことはないはず。

まさか……、コシャマインの頭を不吉な予感が過ぎる。コシャマインは頭を振り、打ち消す。

この戦、三〇〇〇ほどのシャモに、一万の我らがどう考えても負けるはずがないのだ、まして、その三〇〇〇も十二の館に散っているのだ。一番兵数が多い茂別館をこうして包囲し、手も足も出ない状態にしてある。茂別館を除けば大館、花沢館だが物の数ではない、後の館は五十から一〇〇の兵がいるだけだ。戦にもなるまい。シャモ共は逃げるのに精一杯であろう。現に今まではそうだった。

この戦、いかに短期に終わらせ、シャモにアイヌの結束の固さと、兵の強さを見せつけるかである。

最も大事なのは、止まぬ部族間の争いである。ここで、この俺、このコシャマインの強さを示し、民族の統一を図ることがこの戦での目的の一つでもある。ウタリ（同胞）とシャモに、このコシャマインの「絶対」を見せるために、この無益な戦を仕掛けたのだ。

「なぜ、なんの知らせもないのだ！」

コシャマインは声にした。

周りのアイヌ兵達は、突然コシャマインの大きな声に驚いて見た。

大館奪還への戦い

長禄元年（一四五七年）初夏、六月三日朝。

大館奪還と下国政季の救出に、出陣である。

出陣にさきがけ、蠣崎季繁が皆の前で、

「今回は困難で大変な戦となるであろう。しかし、信廣殿を信じ、全てを任せることとする。今回の戦がなければ、家督はすでに、信廣殿に譲っておった。本日より我が軍は全て武田軍と呼ぶ」

将兵達から、ワァと歓声が上がる。

「義父上、それは困ります」

信廣は慌てた。

「私は、蠣崎に養子に入った身、全て蠣崎家のもの、どうか蠣崎を貫かせてください」

蠣崎季繁は「ありがとう、ありがとう」と信廣の手を取り、涙に濡れた顔面をクシャクシャにしている。

「皆の者、我が軍は今まで通り蠣崎軍だ。よいな」

信廣は大声で言う。

誰からとはなしに「エィエィオォ」「エィエィオォ」「エィエィオォー」と鬨の声が上がる。

蠣崎季繁は信廣の手を取ると、

「お屋形様、頼みましたぞ」

と言う。

この蠣崎季繁の一言で誰しも、今から、上之国は信廣に代替わりしたことを確認した。

信廣が軍配を挙げると「オォ！」と大歓声である。

佐々木繁綱が一つ咳払いすると、

「第一陣は拙者佐々木、鬼庭袋殿で二〇〇、
第二陣が工藤祐長殿、今井吉兼殿で二〇〇、
本陣が信廣様二〇〇、
旗本及び遊撃隊小平知信殿二〇〇、の陣立てでござる」

出陣の太鼓を背に、八幡野を越え、海岸線を比石館まで一気に進む。五里の行程であるが、時節柄、気候もよく、行軍は早く、昼頃に比石館に到着した。

先に戻っていた館主の厚谷重政が出迎える。

「信廣殿、大館、禰保田館、原口から落ちた兵が一〇〇ほど、来ました」

「それはありがたい、佐々木の一陣に入れる」と信廣は言い、すぐさま「祐長、皆に広間

に集まるよう伝えてくれ」と命じた。

広間に入ると、すでに皆、そろっている。

「大館のタナケシは、すでに別働隊も敗れたことは知っているだろう。今度はタナケシも慎重だ。原口館、禰保田館を捨て、堅固な大館に入ったのでも分かる。残った原口館と禰保田館は二十人ほどのアイヌのみと報告が入っておる」

「頭、禰保田館と大館の間に網を張れ、大館への連絡を全て絶ち切れ、蟻の子一匹通すな。我が軍が大館に向かっていることを絶対に悟られるな。頼むぞ、繁綱」

佐々木繁綱が、信廣の後を引き取った。

「わしと鬼庭袋殿、二〇〇の一陣で原口館を包囲し一気に落とし、折戸浜を目指す」

折戸浜は、大館まで一里の地点である。

「工藤殿、今井殿は原口館を越え、禰保田館を落としてください。タナケシが大館を出ることは考え難いが、万一ということもあるので、本陣が折戸浜に真っすぐに向かい押さえとし、小平殿の遊撃隊二〇〇は本陣を頼みます」

なおも佐々木繁綱は皆を見回し、

「万一、タナケシが大館を出て野戦に持ち込むと一五〇〇だ、当方は本陣と遊撃隊で四〇〇と、誠に危うい。一陣、二陣とも館を確保しだい、即、折戸浜に向かってくれ、これは時間との戦いだ」

と言った。

「二陣はそのまま進軍し、禰保田館を包囲し、陥落ししだい折戸浜に来い」

信廣が、工藤と今井に向かって言う。

「我が隊は、真っすぐ折戸浜に向かい、アイヌ軍の大館からの援軍に備える。大館には二〇〇〇以上のアイヌ兵がいる。万が一、我が軍の動きが分かると必ず出て来る」と知信。

続けて信廣が、

「繁綱が言う通り、時間との戦いである」

間を置いて、

「禰保田館と大館は距離にして二里半だ、禰保田館が攻撃されていると分かって大館を出ても、禰保田館に着くのは、夜であろう。アイヌは禰保田館の手前で、夜明けを待つだろう。叩くのには絶好の機会だ」

信廣は、己に言い聞かせるように言った。

「アイヌ兵の援軍はどの程度ですかね？」と、工藤祐長が尋ねる。

信廣が答える。「アイヌ軍は、花沢館の兵は残り三〇〇から四〇〇と見ているだろう。タナケシは四十九里沢での戦いは敗れたが、あれだけの戦闘だ。我々も二〇〇から三〇〇は減っているし、別働隊二〇〇〇が天の川を渡り、花沢館まで攻めている。アイヌ軍が敗れたのは知っておろうが、半数も残っていないと考えるのが妥当だろう」

信廣は少し笑顔になり、続ける。

「アイヌは、我々が花沢館、比石館に守備兵を置くと、禰保田館に攻め込む蠣崎軍は、二〇〇から三〇〇でも多いほどと考えているはずだ。タナケシは我が軍が原口館、禰保田館を一気に抜き、折戸浜で待ち伏せているとは思いもせぬだろう。一気に折戸浜でアイヌ軍の救援部隊を急襲し、殲滅するぞ。連絡は密にしろ」

信廣は一気に言うと、出立まで兵を休めるように告げた。

「ただし篝火は普段と変わらぬようにせよ。兵が多いことを敵に悟られるな」

信廣が横になると、隣にいた繁綱が、「若、見事な采配です。立派なものです」と言う。

「本当ですね」と小平知信が続ける。

「母上にこのお姿を見せたかった……」

知信の言葉が詰まった。泣いているのだろう。

信廣も涙を押さえるのにわざと、いびきをかく。それを聞き、繁綱が笑いを苦しそうに抑える。

「行くぞ」

夜半過ぎ、佐々木繁綱の声が低く響く。

比石館より大館攻めの出陣であり、これからが正念場。篝火に浮かぶどの顔も、燃えに燃えていた。

漆黒の闇に、兵、馬が蠢いている。粛々と進む人馬。比石の村落を出ると東の空が白みだす。風がヒューヒューと鳴く。足元で岸壁を打つ波が足音を消す。メノコシ岬は普段でも風が強い。これから小砂子の村落まで道幅が狭く、危険である。

兵は皆、無口で足元を見て歩む、踏み外すと断崖絶壁だ。波が荒れ狂い、打ち上がる。

小砂子村から一里半、朝五つ（午前八時）過ぎに原口館に着くだろう。

先陣が行軍の容易な道に出る。

「急げ、急げ」

一陣の佐々木、鬼庭袋は怒鳴り、「続け、続け」と、二陣でも工藤、今井が怒鳴る。

信廣の本陣が原口館の見える場所まで来ると、すでに第一陣が柵を壊し、原口館の門扉を壊している様子が見えた。

館内に攻め込むのも時間の問題だろう。

アイヌ軍の抵抗の様子はない。

それを横目、大事ないと判断した第二陣と本陣は、禰保田館を目指し進んでいる。

信廣は伝令を走らせる。

「原口館の佐々木に様子を聞いて、逐一連絡を怠るな、と言え。行け」

次いで兵達に怒鳴る。

「遅れるな、禰保田館攻撃部隊との距離を空けるな」

昼九つ（午後十二時）前。二陣は禰保田館に到着するなり、攻め始めた。

本陣は小平知信の旗本隊と合流、そのまま禰保田館を通過する。

「いいか、頭に、禰保田館に第二陣攻撃中、大館へのアイヌ軍の連絡を警戒しろ、蟻の子一匹通すな、と伝えよ」

伝令が即、若狭の竜蔵のもとへ走る。続いて、別の伝令が走り込んできて、

「禰保田館、アイヌ兵一〇〇いるとのことです」

大声で報告した。

「知信、二〇〇を連れ、第二陣工藤祐長の応援を頼む。伝令、工藤に遊撃隊が応援に行くと伝えよ、それと急げと言え」

昼八つ（午後二時）。

「お館様、原口館が落ちました。一陣は昼七つ（午後四時）頃、禰保田館到着予定です」

信廣は、伝令をねぎらい、休めと伝えると、

「禰保田館の工藤の二陣に応援に行った小平知信から連絡はまだか。一〇〇ほどの兵に何を手間取っているのだ」

空を見上げつぶやいた。

「工藤と知信はまだか、日が暮れるぞ、早く落とせ」

伝令が来る。

「禰保田館が落ちました。ほどなく小平知信様が戻られます」

戻ってきた知信は、信廣に走り寄り、

「信廣様、五十のアイヌ兵を捕えました。館を占拠してから毎晩酒盛をし、寝ていたようです。我が軍を見て、戦う気力が失せ、隠れていたようです」

「工藤に、一陣が禰保田館に向かっている、着いたら休ませろ、我が隊はこれから折戸浜に向かい、大館の援軍に当たる、と伝えよ」

伝令に命じ、信廣は陣を出た。

「知信、行くぞ」

折戸浜で若狭竜蔵が待っていた。

「竜蔵、どうだ」信廣が聞く。

「はい、我が軍の篝火がアイヌ軍から見えぬよい所がありました。明日、アイヌ軍への攻撃も容易です」

それを聞いた信廣は知信に、「夜営場所に兵を移動しろ。それと兵に飯を食わせ、休ませろ」と指示する。

竜蔵が知信を夜営場所に連れて行く。

知信と竜蔵が信廣の傍に戻ると、

「大館のアイヌ軍はまだ動きがなく、、気がついていない様子です。動きがないです」

「しかし、そろそろ気がつくだろう」

「配下の者を大館の館内と、要所、要所に、忍ばせてあります。追っつけ連絡が入ると思います」

信廣が横になっていると、竜蔵の声がする。

「信廣様、知らせが入りました」

「そうか」

　信廣が起き上がる。

「アイヌ二、三人が、海路、磯船で渡って、暮六つ（午後六時）過ぎに大館に駆け込み、その後アイヌ軍の動きが活発になったとのことです」

「我々の動きをようやくにして知ったか」

「いずれにしても、大館を出るのは、暁七つ頃（午前四時）だ」

　約八里の道程、着くのは昼頃である。兵を整え、よしんば夜半に出立しても、早くて朝五つ（午前八時）か。

「知信、禰保田館に伝令を出せ。工藤祐長に、朝五つから昼時にアイヌ軍が行くとな。佐々木と鬼庭袋の一陣には、竜蔵の手の者が知らせる」

　続いて竜蔵に声をかける。

「二陣の工藤、今井は館の守備につくように伝えよ。夜が明けしだい、急襲場所を決める」

　竜蔵は「は、一、二ヵ所ありますのでお選びください」

　一通り指示を終えると、信廣は声を落とした。

「知信、話が変わるが」

「何でしょうか」と知信も声を落とす。

「話す暇がなかったが。多恵殿だが、どうだ」

「どうと言われても」知信が口ごもりながら「私には過ぎた女性です」。

「そうか、過ぎた女か、美形でおとなしそうだしな」

信廣は笑い、知信の顔を見た。にやにやしている。

「知信、顔が崩れているぞ」

慌てて知信は、顔を触る。信廣が笑うと、知信も笑う、二人は笑い声を出せぬので苦しそうに低く笑う。

「握り飯を、持って来ました」

やって来た鬼庭袋義宗が、そのような二人を見て「いかがいたしました」と聞く。笑いを止めることができず、とうとう二人は声を出して笑った。

「知信、堪えろ。兵が目を覚ます」

握り飯をほおばり、信廣も横になった。


「お館様」と呼ぶ声に、信廣は目を覚まし「頭か」と問うた。

「はい、夜が明けます」

「行くか」

信廣と竜蔵、そして知信の三人で馬を走らす。

丘と森、川岸、二ヵ所を見る。信廣は思案顔で辺りを見て、「先に見た場所へ戻る」と、禰保田館から半里ほどの小高い丘がある場所へ戻った。そして、次々と知信、竜蔵に指示を出した。

「頭、一陣はあそこの窪みに隠せ、禰保田館に伝令を出し、誘導させろ。それと祐長に伝令だ。全ての兵は、狼煙の合図で禰保田館を打って出ろ、と伝えよ。知信、あの川で退路を断て。本陣はあの丘だ、アイヌ軍から見え難い。だが、味方からは見える。伝令三人と使い番二人を、俺の傍に置いてくれ」

一通り終えると二人を促し、夜営場所に戻った。

すでに、兵は起き出していた。

「新田、兵に朝飯を食わせ、配置につくぞ」

新しい近習の新田繁秋に言う。新田は季繁の縁者である。

夜がすっかり明けた。

知信が来る。

「では、行きます」

「頼むぞ、命を惜しめ、知信。多恵殿を悲しませるな」

知信を見送り、信廣が小高い右手の丘を指差す。

「新田、あそこに移動する」

兵が移動を始め、やがて丘に陣地ができた。右手遠くに旗が蠢くのが見える。第一陣、第二陣だろう。

知信の隊は、ここからは見えない左手下の川上に陣を張っている。

朝六つ（午前六時）頃。陽が昇り始めた。

「お館様、物見が来ました」

「よし、通せ」

「アイヌ軍は朝六つ過ぎ、大館を出ました、到着は朝五つ頃と思われます。兵、約一〇〇〇です」

「分かった、ご苦労。タナケシめ、再び抜かったな。伝令に今のことを第一陣と禰保田館の工藤祐長に知らせ、しばし待てと伝えさせろ」

頬に当たる潮風が心地よい、蝦夷地はこれから花々が咲き乱れ、山の幸、海の幸が溢れる季節、アイヌも我々も厳しい冬を耐え、喜びの季節を迎えるのだ。

信廣の中に、やり場のない怒りが込み上げてくる。

知信より伝令が来る。

「アイヌ軍が見えました。間もなく、川を渡ります」

「来るぞ、隠れろ」

海岸線をアイヌ軍がやって来るのが見えた。味方の窮地を救うべく、懸命の行軍である。禰保田館めがけ、信廣の本陣の下の道を一列になって進むその様子は、蠣崎軍が潜んでいるなど夢にも思っていないようであった。

アイヌ軍が、第一陣、佐々木繁綱の下へと差し掛かるのを確かめると、本陣の信廣は大きく、軍配を挙げた。

鐘と太鼓が鳴り響き、第一陣の兵二〇〇が歓声を上げ、アイヌ軍めがけ駆け降りる。

「禰保田館へ狼煙を上げろ」

禰保田館では工藤祐長、今井吉兼の一陣は、狼煙が上がるのを見るなり、

「門を開け。行くぞ。遅れるな」

二〇〇の兵がいっせいに飛び出た。

一方、アイヌ軍は、斜め後ろより駆け降りてきた蠣崎軍への反撃態勢を取ろうとしたが、それがかえって混乱を招いた。そこに斜面上より歓声が上がったかと思うと、蠣崎軍の向こうから、弓矢が雨のように降ってくる。知信の二〇〇の援軍である。

アイヌ軍はようやく待ち伏せに気づいたが、遅すぎた。

矢のさらに向こうには、信廣の本隊二〇〇が見える。アイヌ軍は禰保田館方面に前進しようとし、愕然とした。禰保田館からは、蠣崎軍が迫ってくる。そして、もう一方は海。完全に包囲されたことを知った。

統制された軍と、混乱した軍では勝敗は目に見えている。

しかし、信廣は油断しなかった。追い詰めたとはいえ、一〇〇〇のアイヌ軍。対する蠣崎軍は、八〇〇である。

「窮鼠猫を噛むの譬えもある。海辺の一方向は開けろ」

信廣は叫ぶ。

退路を断たれ死に物狂いのアイヌ兵とまともに闘うことは、味方の犠牲も多くなる。

逃げ惑うアイヌ軍の中にあって、差配している男の姿が信廣の目に映った。

「あれがタナケシか?」

竜蔵は「そうです」と即答した。


戦いは朝五つ半(午前九時)から始まり、昼八つ(午後二時)には終わった。

蠣崎軍の完勝であるが、アイヌ軍は数が多いことと、最前線にタナケシがいたことが幸いし、うまく撤退した。

兵達の喜ぶ姿を見ながら、信廣は考えていた。今までの戦は、全て奇襲、奇襲で勝ってきた。真っ向正面から向き合う戦になると、アイヌ兵は六〇〇〇、いや、もっと多いかも……何としても茂別館を解放し、茂別館の安東軍と合流しなければ、アイヌ軍とまともに戦うことになってしまう。それは、できない。

それを察したのか、佐々木繁綱が「信廣様、これからどうします」と尋ねる。信廣は気を取り直して言った。

「禰保田館に戻るぞ」

繁綱が全軍に伝える、あちこちで、禰保田館に戻るぞ、と声がする。

まず本陣の信廣が先頭に進む、第一陣、第二陣、が続く。

海が夕日で黄金色に燃え、鷗が飛び交い、悲惨なこの戦を知ってか知らずか、沖に帆が浮かんでいる。

「戦か、何ゆえ戦う、是非もないのか」

信廣はつぶやいた。

禰保田館に到着し広間に入ると、捕虜となっていた禰保田館主近藤季常と、原口館主岡辺季澄が待っていた。

「信廣殿、申し訳ない、お蔭で命拾いをしました」

「お二人とも、ご無事で何よりでした」

そして、信廣は、広間にいる武将を紹介する。

「まず、蠣崎季繁が家臣小山隆政殿、拙者の相談役です。それと佐々木繁綱、小平知信、工藤祐長、鬼庭袋義宗」と順次、紹介し、それぞれが「お見知りおきを」と挨拶をする。

「義父上は、花沢館の守り。厚谷重政殿は比石館にいます」

信廣が話し終わると近藤季常、岡辺季澄が、「信廣殿はよい家来衆をお持ちだ」と、怨めしそうにつぶやいた。

信廣と違い、岡辺は館主と言っても、家臣は副将格の二名ほど。それも、安東政季の家臣である。

一方の信廣は、佐々木、工藤、小平、今井、鬼庭袋、そして信廣に惚れて仕えた若狭者、南部に仕えていた津軽者と家臣が多い。その他にも、若狭竜蔵の他に控えている者が多くいる。蠣崎季繁に仕えている者は、季繁が隠居し、信廣の代になると必然的に、信廣の家来になる。アイヌ軍の蜂起がなければ、春に代替わりになっていただろう。

湯漬けが皆の前に並ぶ。

「いただこうか」と、信廣が膳に手をつける。

すでに禰保田館は工藤祐長が仕切っており、花沢館、比石館、原口館から兵糧や武器の運搬と供給をしている。各館の兵糧や武器に、アイヌ軍はあまり手をつけていなかった。

信廣は皆が湯漬けを食い終わるのを待ち、

「皆も疲れているだろうが、明日の大館攻めの、軍議をいたそう」

皆がいっせいに信廣の方を見つめる。

「タナケシは館を打って出ては来ないでしょう。四十九里沢、天の川、花沢館、そして今回の折戸浜です。野戦は不利と考え、大館に籠城するはずです」

松前守護の居館である大館は、茂別の次に規模も大きく、堅牢である。

「もうタナケシ隊は一〇〇〇人ほど兵を失っています。これ以上は失いたくないでしょう」今井吉兼が小平知信の顔を見て言う。小平知信が答える。

「我が軍が五〇〇以上の勢力とすでに分かっているはず。だとすると館で迎え撃つ方が、兵の損失が少ないと考えるでしょう」

「コシャマインに応援を求めるか」と佐々木繁綱がつぶやいた。

「信廣殿」近藤季常が信廣を見る。

「逃げていた兵がだんだん集まり、二〇〇はいます、どうか使ってやってください」

「それはありがたい。一兵でも欲しいところです。それでは陣ぶれをする」
このたびの陣ぶれは次のようなものであった。
第一陣、佐々木繁綱、二〇〇
第二陣、工藤祐長、二〇〇
第三陣、今井吉兼、二〇〇
遊撃隊、小平知信、二〇〇
本　陣、武田信廣、鬼庭袋義宗二〇〇
計一〇〇〇
一〇〇〇人とはいえども、負傷者も多く、疲れもあり、精力的に動けるのは三割減の七〇〇人程度となっている。
「近藤季常殿と岡辺季澄殿は館の守りをお願い申す」
そう頼んで、信廣は兵達へと向き直った。
「明日、朝六つ（午前六時）に館を出る。休めよ。今度いつ休めるか分からんからな」
しかし、自身には休む間がない。横になると「ただ今帰りました、アイヌ軍の動きはありません」と、竜蔵の低い声がする。
「頭、油断禁物だ、夜襲はないと思うな。あると思い、備えてくれ」
低く「は」と声がし、気配が遠のくのを感じながら眠りについた。

六月に入ったのに今朝は風が冷たい。風は強いが、雨は大丈夫のようだ。

「お館様」

知信の声がする。

「遊撃隊は一足先に出ます」

「分かった」

小平知信、若狭竜蔵の遊撃隊は武術全般に優れ、兵の足も速い。常時は武術の鍛錬をし、一般の作業には従事しない。非常時は信廣の旗本であり、物見であり、使い番で手足そのものである。

ほとんどの兵が、蝦夷地に流れて来た武士であった。交易船に乗り、積荷と船を守るため、豪族や商人に雇われた者か、反対に海賊の類の者もいた。俗に「海の民」と呼ばれ、行き場のなくなった者達を、蠣崎季繁は兵として雇ったのである。

生死の狭間を歩んできた彼らは、一騎当千の強者でもあった。それが小平知信という男の下に一つになり、遊撃隊という組織になり、軍団となると二倍、三倍の力を発揮した。

「頭の竜蔵がいませんので、使い番、伝令は藤倉信忠です」

旗本は常に小平知信、若狭竜蔵であるが、この二人が他の任務を兼ねる時、信廣は必ず知信の腹心の藤倉信忠を傍においた。信忠は知信の縁者であり、知信がわざわざ若狭から呼び、信廣の近習とした者である。この用心深さが、信廣主従の生き残ってきた最大の要因かも知れない。

信廣が騎乗すると、藤倉信忠が「出陣」と叫ぶ。第一、二、三陣と本陣が順次門を出る。

遊撃隊はすでに出立していた。

「小平様よりアイヌ軍の動きなし、とのことです」

「ご苦労」と、馬上で信廣が答える。

雲の切れ間の青空から日が射す。風が少し凪いできたようだ。

アイヌ軍を館から引き出すのにどうするか。いかにして出すか。信廣は思案をめぐらす。

折戸海岸が見えた。

「兵を止めろ」

使い番が走る。

「使い番」信廣が呼ぶ。

「軍会議を開くと各陣に連絡せよ」

皆が集まると、知信に尋ねた。

「知信、アイヌ軍は出ぬか」

「は、出る気配がありません」

「そうか出ぬか」

信廣は静かに話しだす。

「タナケシも気づき、無理をしないか」

空をあおぎ見て、独り言のように、

「アイヌ兵が一五〇〇以上、我が軍は一〇〇〇。落とすのは無理か？　城攻めは城兵の三倍以上が必定だが、この大館は四〇〇〇以上が必要であろう。兵は連日の強行軍で疲れている。さりとて長引くと、茂別館を包囲中のコシャマインが援軍を送るだろう。ますます不利な状況に陥るのだ。奴らは兵の補充は幾らでもいる、まだ最低でも五〇〇〇は茂別にいる。

我々は敗れると、再起不能だ。何が何でもここで勝ち、コシャマイン酋長を討たぬ限り、我々にこの蝦夷地で生きる術はない」

そして信廣は、佐々木繁綱を見ると、「繁綱、さて、どうする」と問う。

繁綱も考え込む、誰もが困惑したように互いの顔を見た。

無言の時が流れた。

突然、繁綱が山を指差した。

それを見て、信廣が「さすが我が参謀よ」とにやりと笑い、知信に命じた。

「知信、館の裏山の地形を調べよ」

知信は、足早に出て行った。

「繁綱の一陣は、兵を大館の一里前まで押し出せ。館を正面から攻め入る体を、アイヌ軍に見せろ。伝令、遊撃隊を我が陣の後ろに下げろと言え」

もう昼が近い。

「知信はまだ戻らぬか」

使い番が「まだ見えませぬ」と答えた。

「アイヌ軍の動きはありません」

物見が来た。

「やはり討って出るつもりはないか。ということは十分の兵力があるか、コシャマインの救援を待つかだ」

傍に控える藤倉信忠は、信廣の独り言に、困惑した顔で見つめている。

知信が戻った。

「館の裏山を通る道がありますが、その裏山から急斜面で降りるのは非常に困難です。しかし、そこを降りると、館の裏は塀も柵もなく無防備に近い、と大館から逃げた兵の話ですが、館の裏に回れる道はないですね」

「そうか……」

信廣は思案顔になったが、すぐに皆を集めるように言った。

「皆、そろったか」

全員を見回すと、一気に考えを述べた。

「大館のアイヌは、茂別館の包囲をしているコシャマインの本隊に援軍を頼んだであろう。コシャマインの兵が来るのは早くて明後日以降だが、覃部館、穏内館、中野館にどれほどの守備の兵を置いているかは定かでない、この三館、合わせると四〇〇から五〇〇はいるだろう。

これが応援に来ると、なお厄介である。よって裏山より攻撃する。源義経公の、一の谷の逆落としを真似るわけではないが、これ以外に策はなく、我らに勝算はない。アイヌ軍に館の正面より攻めると思わせるため、表門の兵の動きを活発にせよ」

続けて、各隊に指示を出す。

「一陣佐々木繁綱二〇〇、三陣今井吉兼二〇〇は表の攻撃を始めろ、合図があるまで、絶対に無理をするな、弓矢の応戦程度で止めておけ。

遊撃隊小平知信、本陣、そして二陣工藤祐長六〇〇は山だ。敵に悟られるな。それと館内に踏み込んだら、捕虜になっていると思える下国定季（松前守護）殿、相原政胤殿をまず救え。よいな。

繁綱、吉兼、我らが攻め下る時、法螺貝を吹く。それが合図だ。何が何でも表門を破り攻め込め。いいな」

「行け」との信廣の怒鳴り声と共に、二人は走る。

「知信、降りる場所はあるか」

「二ヵ所ほどありますが、大丈夫かどうかは分かりません。非常に難儀なことだけは確かです」

「やるしかない。それ以外、道はないのだ。知信、祐長、行くぞ」

坂道を登ると間もなく、下方で歓声が聞こえた。佐々木繁綱達の表門の攻撃が始まったのだろう。

登りきると平地があり、そこで知信と工藤が待っていた。

「この先です」

「先陣は知信、工藤が続け」

「皆の者、遊撃隊は早いぞ、ついて行くのが大変だ、焦らず進め。では一気に下りるぞ、行け」

「鐘を叩け」「太鼓を打て」信廣、知信、祐長の怒鳴り声とともに、一斉に鐘や太鼓が打ち鳴らされた。奇襲に加え、アイヌ兵の恐怖を掻き立てるには十分であろう。

崖に出る。一瞬、戸惑うほどの斜面だ。兵もたじろぐが、押されるように次から次と降りる。

滑り降りるというか、ほとんど、転がり落ちている状況だ。信廣自身、木や岩を時には避け、時にはぶつかり、草木に掴まり、ようやく平地にたどり着いた。それまで「行け、行け、行け」と叫んでいた藤倉信忠ら二十人ほどが駆け寄り、信廣の回りを囲む。

「心配ない。行け」

信廣は、勢いに乗じて館に入った。

館の内外で、アイヌ兵が逃げ惑う。アイヌ軍、蠣崎軍の怒号、叫び、気合い、呻き、様々な声が聞こえる。

不意を突かれたアイヌ軍の動揺、そして恐怖は、右往左往するアイヌ兵の動きで分かった。圧倒的な蠣崎軍の攻勢である。

斬る、突く、刺す、蠣崎軍が門までたどり着き、門を開けたのだ。蠣崎兵の歓声が上がる。一陣と三陣が館内に雪崩れ込んだ。

倒れる者、館の外に逃げる者、アイヌ兵の数が瞬く間に減りだした。

「おお……信廣殿」と声がする。見ると、捕えられていた下国定季、相原政胤であった。

二人が信廣に駆け寄ってきた。

「ご無事でしたか」

「お蔭で助かりました」

「ありがたい、ありがたい」

小平知信と工藤祐長が来る。

「信廣様、捕まえたアイヌ兵二〇〇です」

「大館に捕われていた兵二〇〇も無事です。飯を余り食ってないので弱っていますが」

「大至急、飯を用意せよ」

「吉兼、館の中を至急、片づけさせてくれ。佐々木、誰かに、館内と柵を調べ、壊れた所は直し、アイヌの来襲に備えさせろ。

「知信、覃部《オコベ》館と穏内《オンナイ》館の動きと兵の数を掴んでくれ」

信廣は大広間に入ると、矢継ぎ早に指示を出した。

「崖の斜面を降りる際に、怪我をした者が多いはずだ。それと、戦いで負傷した者は館に、守備と養生を兼ねて残せ。使い番、各隊の員数を調べて藤倉に出してくれ。藤倉、まとめができたら持って来てくれ」

昼七つ（午後四時）過ぎ、知信と伝令が来た。

「お屋形様、覃部館も穏内館も伝令が出入りするのみです。兵は覃部館、穏内館共に三〇〇から四〇〇と思われます。コシャマインは来るか否か、まだ分かりません」

「ご苦労」信廣は答える。

藤倉信忠が「よろしいですか」と入って来た。

「各隊の兵の調べがつきました。

一陣全体二〇〇で負傷兵が三十名、死亡二十五、出陣可能者、一四五名。

二陣全体二〇〇で負傷兵が三十九名、死亡四十三、出陣可能者、一一八名。

三陣全体二〇〇で負傷兵が三十名、死亡三十五、出陣可能者、一三五名。

遊撃隊全体二〇〇で負傷兵が三十三名、死亡六、出陣可能者、一六一名。

本陣全体二〇〇で負傷兵が三十五名、死亡十六、出陣可能者、一四九名。

それと大館に捕えられていた兵二〇〇名とで出陣可能な者、約九〇〇名です」

「三〇〇も減ったか。陣ぶれをするので、佐々木繁綱と皆も呼べ」

いつものように、佐々木繁綱が陣ぶれをする。

今回は、
一　陣、佐々木繁綱、三〇〇、副将鬼庭袋義宗

二　陣、工藤祐長、二〇〇、副将今井吉兼
遊撃隊、小平知信、二〇〇、副将若狭竜蔵
本　陣、武田信廣、二〇〇、副将小山隆政

となった。

「下国定季殿、相原政胤殿は、負傷兵と館を守ってください」

「義明、皆に伝えよ」藤倉信忠に信廣は言う。

「新田、全館に伝令を出し、兵糧を大館にできるだけ集めさせろ」

新田繁秋に言った。この青年武士は季繁の家臣の嫡男であるが、商いの才覚と算術に優れていた。

「それと村人に食糧を分けてやってくれ」

食糧は、アイヌ軍が襲って来た際に奪って、館に集めているはずである。アイヌ軍も蠣崎軍も兵糧は多くを所持しない。ましで蝦夷地は山菜、魚介類、肉などが豊富であり、最悪の場合でもしのぎは容易にできる。何よりも館と館が近く、一日以内の距離であり、互いの運搬が容易である。村落には長い冬を越えるために、食糧の蓄えが豊富である。

アイヌ軍も各地にチャシ（砦）があり、そこに兵糧を集積してある。運搬手段に困るのか兵糧に執着心がなく、金目の物のみ運ぶのだ。

雪が降ると嫌でも休戦、春の雪解けまで、身動きできないのだ。戦も正味六ヵ月間が勝負である。

　佐々木繁綱は一つ咳払いをして、皆を見ると言った。

「コシャマインはまさか大館がこんなに早く落ちるとは、思っていないはず。シャモの兵はせいぜい五〇〇以下で三倍のアイヌ軍が負けるとは思わないから、コシャマインも慢心していることだろう。大館から逃れた兵が覃部館に駆け込み、それから穏内館、脇本館、中野館と各館を繋いでも茂別のコシャマインの耳に届くのは、早くても六月八日の朝だろう」

「さすれば、コシャマインが急ぎ準備しても、出発は早くて、十日の朝か」

　今井吉兼が口を開く。

「ただ、これ以上、コシャマインが兵力を分散するとは思われないな」

「それではコシャマインは動かないと……」と、工藤祐長が尋ねると、信廣がうなずく。

「しかし、動くことを想定し、備えるのが賢明であろう。もし、コシャマインが動くと、茂別館の囲を解くわけにはいかないので、せいぜい一〇〇〇～二〇〇〇である。我々が守るのはここ、大館が最良である。まず、コシャマインの動向を探ることと、茂別館と連絡を何とかつけよ。今は兵を休め、兵糧・武器を整え、逃れている兵に、館を我々が奪い返したことを知らせるのだ。海、山から見えるように旗を多くするのだ」

覃部《オコベ》・穏内《オンナイ》館奪還への戦い

コシャマインが目を覚ますと、夜中なのに表が騒がしい。

「アチャ（親父）」と声がする。

「何かあったか」コシャマインが聞く。

「タナケシから使いです」

「入れ」

「使いの者の話では、大館が蠣崎の武田信廣に奪われました」

「タナケシは一五〇〇以上もの兵で一体何をしていたのだ！」

「シャモは裏山より一気に襲って来たようです。タナケシは茂別まで退却するとのことですが、シャモが一〇〇〇の数で、追っているとのことです」

「タナケシにすぐ使いを出せ。覃部館、穏内館は大館より近い、脇本館で待てとな。また、お前は一五〇〇を連れ、中野館に向かえ、タナケシに、シャモを何があっても一人たりとも通すなと言え、いいな、一人たりもだ。中野館と脇本館で撤収する兵をまとめ、武田信廣が来るまでに、態勢を立て直せ。武田信廣の噂は聞いていたが、これほど、戦上手とは思わなんだ。用心せよ、行け！」

信廣は雨音で目を覚ました。

薄暗い闇の中で、自分が一瞬どこにいるのか分からなかった。

遠くで物音がする。

朝餉の用意をしているのだろう。

ぼやけた頭で、生きて大館にいることを確認する。

悪い夢でも見ていたのか喉が渇く。水が欲しいと思いつつ、いつの間にか再び、睡魔に襲われていた。

「お屋形様」と呼ぶ声に、再び目覚める。

雨音がまだ聞こえる。

「いかがした」

「物見が戻りました」

「そうか。入れ」

部屋に入った知信に、信廣は「知信、悪いが、そこの水を取ってくれ」と頼んだ。

知信は水差しを取り、枕元に座る。

「子供の頃を思い出すな」

信廣が言う。小さい頃、いつも寝る時には知信が傍にいた。

信廣は水を受け取り口に含み一気に飲み込むと、口の中の苦さが消える。再び水を飲み込む。今度は水が食道を流れ落ちるのが分かる。

「知信、水がこんなに美味かったかな」

知信が「それはようございました」と少し顔をほころばせたが、すぐに厳しい声で物見からの報告を伝えた。

「覃部館のアイヌ兵が館より逃げ出しているようです。館にいる兵は五十にも満たないようです。それと捕えられた覃部館の兵が一〇〇人以上いるようです、殺されるとまずいので、捕虜交換の使いを佐々木繁綱殿と相談し、勝手に出しました」

「分かった」

信廣は間を置くと、誰にともなく言った。

「雨か。ここしばらくは降らなかったな」

そして、「知信よ、よくここまで来たな。上之国の戦から立てた策だが、気味が悪いほどに的中したと言うか、つぼにはまったたな」と話しかけた。

「はい、お見事でした」

「戸を開けてくれ」

知信が板戸を開ける。

明六つ（午前六時）、外はもう明るい。

信廣は布団に座ったまま、

「時には雨もいいものだ」

開け放された廊下の向こうに目をやり、雨に打たれた躑躅を見て言う。知信も上り縁まで行き、空を見上げた。

信廣は思いをめぐらす。

蝦夷地に渡り、この頃、野花を愛でる気持ちが生じるようになった。心に余裕ができたのか、家族ができたからか。それだけ歳を経たのか、信廣自身にも分からない。

分かることは今現在、蝦夷地へ渡海し、蝦夷地に生きる人々を救えるのは、自分だけなのだ、という思いのみである。

その戦の真っただ中に生きて、家族、友、同胞を救うべく戦っている。コシャマインも同じ心であろう。互いに何の怨みもなく、ただ、ただ同胞のために戦うのか？

そんな心を知ってか知らずか、外の雨は、ただ、降るのみである。

いつの間にか知信の姿が消えていた。

雨に打たれ散った躑躅が、血のように赤く染め流れゆく。

何かどこかで見た光景である。先ほどの夢の中だろうか。

「お目覚めでしょうか？」

藤倉信忠が来る。

「今日はどこかお出かけなさいますか」

「いや、出かけない。飯の時は声をかけるので頼む」

数刻、そのまま信廣は雨に打たれる花を眺めていた。

思い出したように「藤倉はいるか」と声をかけると、すぐに返事が聞こえた。

「藤倉、大広間に朝四つ（午前十時）に、皆を集めよ」

「食事はどうなさいますか」

「考えたいことがあるので、後にしてくれ」

信廣は頭の中を整理する。
一、我が軍の兵力とアイヌ軍の兵力の比較
一、茂別館の状況
一、茂別館までの覃部館・穏内館・脇本館・中野館の状況、現在の戦況の分析をし、それに沿った作戦を立てる
今までの大館までは時々来ていたので、地形はだいたい知っている場所である。これより先は、茂別館以外は、地形、館の形態がほとんど分からない。

「皆、集まりました」と藤倉信忠が知らせに来た。

「今、参る」

答えると信廣は立ち上がった。

廊下を歩き、朝食を取るのを忘れていたのを思い出す。藤倉に叱られるな、などと考えながら広間に行くと、皆が集まり、戦話をしている。

「ご苦労」声をかけて入った。

「皆、よう休んだか」

一人一人の顔を見渡した。

「知信、物見からの知らせはあるか」

「は、捕虜交換の件ですが、覃部館に二〇〇のアイヌ兵を送りました」

ひと呼吸置き、続けた。

「我が軍の兵は一二〇です。昼までに帰ると思われます」

覃部館はここ大館より二里ほどのところである。

「それと大館と他の館から逃れ隠れていた兵が、昨夜から当館に集まっています。もうすでに二〇〇を超えました」

「これで我が軍は一二〇〇に対してアイヌ軍は六〇〇〇強である」と工藤祐長は呟いた。

「コシャマインが率いて統制がとれ、今までのように、策にも簡単に乗って来るまい」

「真っ向勝負では無理か。やはり奇襲か、それとも茂別館との共同戦線だ」と、小平知信も渋い顔である。

茂別館包囲中のアイヌ軍は、各館から逃れた兵も合わせると六〇〇〇と思われる。蟻の這い出る隙間もないはずだ。

「どうだ、知信」と聞く。

「茂別館に入れたとしても十回に一度の成功率でしょう」

「機会は一度と考えたほうがいいでしょう」

「下国家政殿と連絡を取れるのは一回のみか」

信廣は考え、「難しいな」とつぶやく。

現在、茂別館にいる兵は一〇〇〇以上。コシャマインは、茂別館の兵を二〇〇〇ほどと考えているはずだ。それに茂別館は、茂辺地川が流れる南岸の小高い丘の上に建てられ、自然の沢と崖、各所に土塁をめぐらし、空堀が掘られた、誠に堅固な館である。

「コシャマインも、兵の消耗を恐れているのだろう、でなければ少しでも早く落としたいはずだ」

今井吉兼がつぶやくと、鬼庭袋義宗が、

「アイヌ軍は兵の補充の予定がないのか、それともできないのか、いずれか。兵の少ない他の館を先に落とし、兵を茂別館に集め陥落する。上之国の比石館までは、非常に順調に進行、思い通りになった。しかし、花沢館で思わぬ敗北を期す。今では大館まで奪い返され、コシャマインは歯ぎしりをして、悔しがっていることだろう。

アイヌ軍の本隊を最後まで無傷で残しているところ見ると、コシャマインは非常に、用心深い男であろう。それとも、それ以外の理由があるのか?」

信廣は立ったまま、雨が降る庭を眺めていたが、「天候はどうなっている」と、突然聞いた。

「二、三日は雨模様だそうです」

佐々木繁綱が答えると、「そうか」と信廣は低い声で返した。

そこから、不意に大広間の上段に行き、ドカッと腰を落とす。

「雨が上がりしだい、出陣だ。コシャマインのアイヌ軍は茂別から動かないだろう。雨が止んでから、ゆっくり出て行こう。それまでは兵を休め、兵糧、武器、馬をできるだけ集めろ。皆も休め」

だが、誰も出て行かず、座ったままで雑談をし始めた。考えると皆、家もなく家族もここにはいない。

雨は降りやまず、庭のあちこちに水溜まりを作っている。長雨になりそうだ。

「覃部館から捕えられた兵が戻りました」

そう告げた知信に続いて、覃部館主の今井季友が足早に来るのが見えた。

頭を下げると、「武田殿、助かりました。誠に申し訳ない限りです」

「ご無事で何よりでした。覃部館の状況はどうですか」

「閉じ込められていたので、はっきりしたことは分からんが、アイヌ兵の数は余り多くはないようだ。せいぜい五十から一〇〇ほどかな。ほどんどの兵は、茂別の方に行った様子でござる」

「今井殿、ゆっくり休まれよ。信忠、部屋に案内しなさい」

「かたじけない」

今井季友は安堵の表情を浮かべ、信忠の後について行く。

「覃部館から救い出された兵が、お礼を言いたいと集まっています」

大広間へ行くと疲れた様子の兵がいたが、信廣達を見るといっせいに座り直し、「このたびは、誠にありがとうございました」と頭を下げる。

「皆の者も無事で何よりであった。助けが遅くなり、誠に申し訳ない」

信廣が言うと、「とんでもありません」と答え、中には泣いている者もいた。

「この雨と戦支度のためアイヌ軍の動きはない。ゆっくり養生をいたせ。しかし、いかんせん、兵が不足だ。皆の者にもまた、働いて欲しいのだ。頼むぞ」

「一度失ったこの命、いかようにもお使いください、武田様にお預け致します」

「何か必要なものがあれば、藤倉信忠に話せ。信忠、皆に食事と寝床を支度しなさい」

大広間はまた、信廣と諸将だけとなる。

工藤祐長が「お屋形様、食事にしませんか」と聞いてきた。

「祐長、それはよい考えだ。そういえば、朝飯を食べ損ね何も食べてないな、支度させろ」

いったん言葉を切り、

「残念だろうが、酒は夜だぞ」

と告げた。

工藤祐長は、信廣が物心ついた時はすでに傍にいて、信廣は「祐じい」と呼んでいた。子供の頃、読み書きは祐長が教えてくれたのだが、いろいろ小言も言われ、今でも、祐長はどうも苦手であった。読み書きを習う時は、知信も一緒のはずが、知信は時々用があるとかでいなくなった。祐長は、知信殿も困ったものだ、とぶつぶつ言っていた。

知信もどうやら工藤祐長が苦手であったようで、酒好きな「祐じい」に、酒をどこから用意し、時々持ってきていた。信廣は子供心に、知信は狡いと思っていた。

信廣は昔を思い出して相好を崩し、そんな信廣を皆、不審そうに見ている。

信廣は食事の後、大広間より部屋に戻った。

雨は小降りになり、空も少し明るくなったようだ。

信廣の頭の中は、コシャマインとの決戦のことでいっぱいである。

コシャマインが包囲する茂別館まで、覃部館・穏内館・脇本館・中野館と四館を落とすことになる。覃部、館穏内館は雑作もないが、問題は脇本、中野館の兵力がどの程度か不明であることだ。それと、今まで戦ってきたアイヌ兵が茂別館に近い脇本、中野館に逃れているはずだ。

茂別館包囲に五〇〇〇人、箱館に三〇〇、志苔館に三〇〇が守ると、残りは一〇〇〇、両館に兵は五〇〇、五〇〇ということか。その程度の兵力だと何とかなる。

ただし、アイヌ軍がどこかの館に集結されると、蠣崎軍としては勝ち目がない。アイヌ兵を分散しておくことが必要である。

「お屋形様、アイヌ軍は動く気配がありません」

若狭竜蔵からの伝令が来る。

「明朝、明六つ（午前六時）出陣する」

六月九日朝、晴れ渡る青空、青葉も雨に洗われ、さわやかに見える。
このたびは覃部館より救出した兵一〇〇と、逃れて来た兵三〇〇を組み込み、次のような陣立てとなったものの、数は揃っているが、負傷している者も少なくない。
第一陣、佐々木繁綱　三〇〇
第二陣、工藤祐長　三〇〇
第三陣、今井吉兼　三〇〇
第四陣、鬼庭袋義宗　二〇〇
旗　本、小平知信　二〇〇（遊撃隊）
本　陣、武田信廣　二〇〇
総勢、一五〇〇である。
「ご出陣」
太鼓が打たれ、第一陣から二陣、三陣、四陣、本陣、最後に遊撃隊と出て行く。
覃部館まで、二里の道程である。
「使い番、佐々木・工藤の一・二陣は一気に覃部を貫け、と伝えよ」
「藤倉、今井と鬼庭袋を呼べ」
藤倉が走る。
「お屋形様、何か」
「三、四陣は穏内を襲え。知信、穏内館の先に出て、茂別方面からアイヌ軍に備えよ。本陣は、覃部と稳内の中ほどの矢越にいる。連絡は密にせよ、よいな」

覃部と稳内間は三里（三、四時間）の行程である。

蠣崎軍の行軍は速度を上げる。特に小平知信の旗本（遊撃隊）は、他より倍ほどの速さで行軍した。兵糧も少なく、武器も工夫し、戦装束も軽装であるが、何より兵が優れている。

まず一番目の覃部館を、第一、二陣が襲う。それを横目に他の蠣崎軍は二番目の稳内館をめがけ走る。

信廣の本陣は矢越で留まるが、旗本の今井、鬼庭袋の三、四陣は稳内館へ進むのだ。

信廣も兵達も汗まみれだ、陽が昇り温度も上がってきた。止まると海風が気持ちよく頬を撫でた。

矢越付近で本陣は止まる。

空の青、海の紺碧、そして地が蒼緑。その中に赤い花が点在している。ハマナスが咲く季節か。これから、すみれ、ハマエンドウと野花がだんだんと咲き乱れる。

戦の真っただ中にいるとは思えない気持ちで信廣が景色を眺めていると、突然声がした。

「覃部館を落としたとのことです」

「早いな」信廣がつぶやく。

「アイヌ兵は逃げ、ほとんど館にはいなかったようです」

「覃部館を落とした一陣、二陣は稳内館に向かうそうです」と、使い番はかわるがわる報告する。

「分かった、穏内館に向かうぞ」

すぐにまた使い番が来る。

「お屋形様、穏内館が落ちました」

「アイヌ兵、二十ほどいましたが、すぐ逃げ、交戦なしとのことです」

本陣が穏内館に入る。

「大広間で、皆様がお待ちです」

大広間に向かうと、小平、今井、鬼庭袋の諸将が出迎える。

「ご苦労。追っつけ佐々木、工藤も来るだろう。知信、覃部館と穏内館を逃げたアイヌ兵はどこへ行ったか調べろ」

すかさず知信が答える。

「中野と脇本にも忍びを張りつけておりますので、追っつけ連絡が来るでしょう」

日暮れ前に第一・二陣の佐々木と工藤も穏内館に入った。

「全員がそろったな。本日はご苦労。兵を損じることなく、二つの館を奪還せしは、皆のお蔭だ。茂別まで中野、脇本の両館のみだ。よう頑張ってくれた。ただ、アイヌ軍五〇〇〇から六〇〇〇、我が軍一五〇〇という兵力の差は依然変わらぬ」

信廣は静かに、皆の顔を眺めて話す。

「コシャマインの腹が知りたい。我が軍を誘い込んでいるのか。アイヌ兵が抵抗せずに逃げるのは、そのためか。それともどこかに兵を集め、狙っているのか。まずはアイヌ軍の動きを把握することに努めよ」

使い番が来た。

「アイヌ兵は脇本館を素通りし、中野館方面に向かっています。脇本館、現在のアイヌ兵は三十ほどです」

知信が聞く。

「中野館はどうだ」

「脇本を出る時は、まだ中野から連絡が入っていませんでしたが、昨日までの報告では、中野館は約一五〇〇の兵がいるようです」

「ご苦労」と、知信は使い番を下がらせた。

「茂別から、ここまで二十名の手の者を、配置しております。何かあれば報告が来ると思いますので、ご安心のほどを」

「脇本館まで九里ある。夜明けを待ち、出陣して日暮れ前に到着し一気に落とす。遊撃隊二〇〇は先発し情勢を見、問題なくば脇本館を攻めろ。判断は知信に任せる」

信廣は、鬼庭袋義宗を見る。

「鬼庭袋の四陣は遊撃隊に続け。義宗、遊撃隊に余り離されるなよ。しかし無理は禁物だぞ、戦う前に兵が倒れる」

鬼庭袋が「知信殿、置いて行かないでくださいよ」と、ふざけた口調で言うのを聞き、皆が笑った。

遊撃隊は、他の隊とは行軍速度が倍ほど早い。ついて行くのは、ほとんど無理だ。蠣崎軍の中から選ばれた兵士なのだ。今では羨望の的となっている。

例のごとく、佐々木繁綱が陣立てを告げた。

第一陣　佐々木繁綱　三〇〇
第二陣　工藤祐長　三〇〇
第三陣　今井吉兼　三〇〇
第四陣　鬼庭袋義宗　二〇〇
遊撃隊　小平知信　二〇〇
本　陣　武田信廣　二〇〇

総勢、一五〇〇である。

「明日も頼むぞ。コシャマイン酋長との決戦が近い。それまで少しの油断も、少しの失敗も許されない、それは蠣崎軍の、いや、この蝦夷地に住む、倭人全ての死を意味する。奪還した館より逃亡した者が戻り、兵はだんだん増えているが、まだ三倍以上のアイヌ軍がすぐそこにいるのだ。この緊張感が崩れると、蠣崎軍の、我々の、最期が待っているのだ。絶対気を抜くな、いいな」

皆いっせいに「は」、と頭を下げた。

「話が長すぎた。明日は早い。休め」

外はすでに暗闇が迫っていた。

脇本館奪還への戦い

長禄元年（一四五七年）初夏。

暁七つ（午前四時）前、暗闇の中を遊撃隊が出る。東の空が白むと、四陣が後を追う。

信廣が「行くぞ」と声をかけると蠣崎全軍が出陣する。

「夜は明けてきたが、霧が出ているな。この分だと今日は晴れそうだな」とつぶやく。

上之国から松前、そして下之国までに山越えするのは、穏内館、脇本館の間だけである。

海岸線は遠方より見えるが、山中は見え難いので隠密行動にはよい。しかし山坂に兵の疲労は大である。

今日は六月初めなのに朝から暑い。遅れがちの兵を励まし、細い曲がりくねった坂道を登った。

もう昼九つ（午後十二時）過ぎか、と思いながら、信廣が歩いていると、物見が、「ご注進」と叫びながら走って来た。

「先発の遊撃隊、朝四つ（午前十時）、脇本館を攻撃、第四陣も脇本館の一里ほど手前で会いました。脇本館の敵兵力五十程度とのことです」

「大儀」

蠣崎軍は脇本館目指し急ぐが、徒歩でも下り坂は難儀であるが、馬はなおさらである。熊が近くに潜んでいるのだろう。時々馬が暴れる。姿が見えないのは、熊の方が驚き、隠れているのだろう。

木々の狭間に、海が見える。なぜか海を見ると、信廣は心が和む。

その心持ちをかき消すように「ご注進、ご注進」と声が聞こえた。

「ここじゃ」と、信廣が声をかけた。

「遊撃隊と第四陣は第一陣・二陣到着後、全隊で突撃開始しました。小平様、は日暮れ前に陥落しますのでご安心を、と申されました」

「知信め、いらぬことを」

それを聞き、周囲の者達が含み笑いをする。いつの間にか、知信は信廣の異母兄とか、異父兄とか噂が流れているのだ。信廣の耳にも届いているが、肝心の知信が口を開かないので、捨て置いていた。

海岸に出ると藤倉信忠が馬を走らせて来た。

「ただ今、脇本館が落ちました」

「そうか、ご苦労」

信廣が脇本館の表門に着くと、「エィエィオー」「エィエィオー」と勝ち鬨が挙がった。信廣が手を上げて答える。

小平知信、工藤祐長、今井吉兼、佐々木繁綱、鬼庭袋義宗、藤倉信忠らが門で待っていた。どの顔も誇らしげに輝いている。この顔を何とか最後まで輝かせたい、と信廣は思わずにいられない。

「信廣様、ただ今知らせが入りました」

藤倉信忠が早速に報告した。

「コシャマインは動いていませんが、中野館にタナケシが一〇〇〇ほどとコシャマインの息子が一五〇〇ほど連れて入りました。タナケシを迎えに来たようで合流し、その後、中野館を出たようです。現在、館に残っている兵は五十足らずかと」

「佐藤親子の行方はまだ分からぬか？」と知信に聞く。

「頭に頼み、手分けをして捜させていますが、まだです」

「そうか、まだか」

佐藤季行と息子の季則は、安東政季が渡海した際には田名部に残った。しかし、信廣に心酔していたため、信廣の後を追って蝦夷地に渡る。信廣は、安東政季に頼み、佐藤親子を中野館の館主としたのである。

中野館を左に曲がり山越えをすると、花沢館まで十三里ほどだ、山道に慣れた兵なら、二日で越える。左に曲がり海岸線を、松前大館を越え、花沢館にたどり着く、今回、蠣崎軍が来た道だ。要と言える最も重要な位置にある。そこに信廣は信頼の置ける、佐藤親子を入れたかったのだ。

「館の中に捕われている可能性はあるのか」

信廣が聞く。

「館内にはいないと、報告を受けています」知信が答えた。

「そうか。明日、中野館を攻める。昼までに落とす。中野まで四里だ。夜明けに出発するぞ。遊撃隊三〇〇、第四陣三〇〇と第一陣三〇〇、本陣五〇〇で中野館を、第二陣、三陣は茂別方面のアイヌ軍に備える」

その時、辺りが騒がしくなり、廊下を慌ただしく歩く音がした。「信廣様……」と叫び声にも近い声がして、佐藤季行と季則親子が、信廣の前に走り寄り、泣き崩れた。

信廣も親子の手を取り「ご無事で何より、よかった、よかった」と、二人に声をかける。

涙の下から、季行が、

「三〇〇のアイヌ軍に攻められ、全員、死を覚悟で討って出ることも考えましたが、信廣様が必ず救いに来られると信じて、五十の兵と共に館を捨てました。花沢館へと考えましたが、五十の兵ですので目立って進めません」

父の後を引き取り、季則も、

「無事を知らせようと、山越えで二人、海岸線三人を花沢館にやりましたが、誰も戻りませんでした」

と涙ながらに報告する。

「誠に口惜しいが、誰も、わしのところにたどり着かなかったのだな」

途中でアイヌ軍に捕われたのだろう。

「息子に、様子を見るのに山を下りさせましたところ、アイヌ兵が脇本から逃げて来ているようで、様子が変だと言うのです。そこで我々も、脇本に行こうということになり、山を下りました。途中、我々を捜している竜蔵殿の部下に会いまして、脇本館が奪還されたことを知りました。脇本館に蠣崎と信廣様の旗印が見え、安堵いたしました」

年老いた佐藤季行の涙が膝の上に落ちる。

「苦労をかけた、もう大丈夫だ」

短い期間ではあったが、父親のように信廣を可愛がってくれた佐藤季行である。父親の愛情を知らずに育った信廣には、ありがたい存在であった。その季行にとっては、久し振りに信廣に会う、うれしさも手伝う涙なのだ。

「何の、うれし涙でござる」と言うと、皆も、「そうだ」「そうだ」と、うなずき、そして笑い合う。若い将が多いので自分の父をそして、上之国の家族を思い出したのだろう。

信廣が言う。

「季則殿、明朝出陣じゃ。貴公の館だ。先鋒をお願いします。季則殿の五十に、本陣の二〇〇を預けますので頼みます」

「ありがとうございます」親子で頭を下げる。

「皆、飯を食い、休め。明日は早いぞ」

しかし、信廣が部屋で床に入るとすぐに、「お屋形様、入ります」と小平知信、佐々木繁綱が連れだって部屋に入ってきた。

「物見の知らせではアイヌ軍の動きがありません」

「中野館を攻撃中に背後からコシャマインに襲われると、二陣、三陣の六〇〇、本陣三〇〇で九〇〇か、コシャマインが来ると三〇〇〇以上だ。支えることは無理か」

「いかに早く中野館を落とすかが、鍵と思います」

繁綱が答えた。

「誰かいるか」

すぐ使い番が来た。

「佐藤季則殿を呼べ」

ほどなく、佐藤季則が現れた。

「季則です」

「中野の早期陥落には、夜半過ぎに館の内部に兵を忍ばせ、内から攪乱したいのだ。アイヌ軍に知られず、侵入できる場所はないだろうか」

中野館主である季則は答える。

「空堀と土塁の間に、一間ほどの緊急時脱出用通路があります。柵はありますが、外部からも入れます」

「季則殿の家臣で分かる者を、知信につけてくだされ。遊撃隊を夜のうち、館内に入れる手筈を整えたいのです」と季則に頼み、続いて知信をひたと見据えた。

「何が何でも閂《かんぬき》を開けてくれ、知信、頼むぞ。朝六つ（午前六時）に季則殿が突入した後、第一、四陣と、我が本陣が続く。朝五つ（午前八時）までに落とし、コシャマインの襲撃に備える。いいな」

中野館奪還への戦い

信廣は、微睡みの中、体は眠っているが頭は冴え、夢を見ている己と、現実の己が交錯していた。

目を開けると、障子に影が二つ映っている。

外に警護の者がいるのだろう。篝火が多く焚かれているのか、火の弾ける音に灯影が揺れる。

夜半、部屋の外で「お屋形様」と声がした。

「知信か、頼むぞ」

信廣が静かに言う。

「では、行きます」

知信の声がし、兵の動く気配がした。

二〇〇もの兵が動いているのに静かだ。さすが遊撃隊だ。

いつの間にかまた、眠ったらしい、外はまだ暗闇であるが、館の中は騒がしい。甲冑の音、篝火の弾ける音、人の声、出陣の支度だろう。

「お目覚めですか」

藤倉信忠の声がした。

「起きた」と答える。藤倉信忠が障子を開け、「お支度を」と信廣の甲冑をつける。

「皆の者、中野館まで急げ、明五つ(午前八時)までにいかなることがあっても落とす。まごまごしているとコシャマイン率いるアイヌ軍が背後を襲ってくるぞ。よいな、心してかかれ、行くぞ」

戦陣は新たに編成された、五陣の佐藤季則二〇〇、四陣鬼庭袋二〇〇、一陣佐々木三〇〇、本陣二〇〇で中野館を攻める。

二陣工藤三〇〇、三陣今井三〇〇の六〇〇は、茂別方面からのアイヌ軍に備える。

第五陣が門を出る。続いて第一陣、第二陣、三陣、第四陣、そして最後に本陣の順で進む。

たい松と前を歩く兵が頼りだ。駆け足同然の行軍だが、兵は前について歩む。

東の空が白んだかと思うと、みるみる明るくなっていった。

「使い番、藤倉に兵を休息させせよと伝えよ」

一時、行軍を止め、兵を休ませた。

しばらく後、「さあ、行くぞ」信廣が言う。

「出立、出立っ」と声がする。

小走りに、兵が再び走る。

朝の陽を受けた中野館が見えてきた。

「使い番、藤倉に兵を止め、隠せと伝えろ」

遊撃隊が待っていた。

「小平様と二十人が館内に潜んでいます」

「分かった、佐々木繁綱に配置につけと言え」

「そろそろ突入の刻限だ」と信廣が言うと同時に、中野館方向で「ワァ……」と声がした。遊撃隊が動いたのだろう。

それを聞き、第五陣の佐藤が中野館に攻めかかった。

信廣が「行け」と号令を出す。

中野館めがけ、いっせいに兵が駆け出す。

「第四、五陣に遅れるな」第一陣の佐々木繁綱の声がする。

五陣佐藤季則は、遊撃隊が門扉を開けるのを待ち、中野館に攻め入った。

信廣の本陣は門外で待つ。

館の中から怒号、叫び声、悲鳴が聞こえたが、ほどなくその声は止み、藤倉信忠が門から叫んだ。

「お屋形様、制圧しました」

「ご苦労」と信廣が声をかける。

「使い番、要所に兵を配備し、残りを中野館に入れろと佐々木に伝えよ。知信を呼べ」

急ぎ足で知信が来たのに続き、「ご注進、ご注進」と物見が駆け込んで来る。信廣の前に膝をつき、

「アイヌ軍三〇〇〇、昼九つ（十二時）頃、中野到着予定」

「分かった、ご苦労。若狭竜蔵は、どこにいる」

「は、頭は、コシャマイン酋長から離れません、動きに隙あらば命をもらうとのことです」

「そうであったか」信廣はうなずいた。

「余り無理をするなと、言ってくれ」

「兵を休め、アイヌ軍に備えろ」と、佐々木繁綱の声がすると、

「ご注進、アイヌ軍は泉沢村落にて進軍が止まりました」

物見が報告した。

「中野館が落ちたことを知ったか」と信廣。

「そうだと思います」と知信が答える。

「隙あらば我らに襲いかかるつもりだろう。いずれにしても、コシャマインは兵の分散を避け、今は無理をしないつもりだろう」

「我らの動きも分かってきたでしょう」

繁綱が続ける。

「お屋形様の急襲で攪乱させ、鶴翼の陣で包み込む」

「今までは成功したが、今度は五〇〇〇から六〇〇〇のコシャマインだ。我ら一五〇〇を

逆に包み、皆殺しに、と来るぞ」

　藤倉信忠が言った。

「お屋形様、今、頭からで、アイヌ軍が泉沢で引き返したそうです」

「そうか、引き返したか、ここでひと勝負しておくと、今後の展開が楽になるに、残念だな。三〇〇〇なら何とかなるに」

　そして、信廣は皆に告げた。

「皆の者、本日はご苦労であった。お蔭で中野まで来た。八館を奪還し、茂別館を目の前にし、いよいよコシャマインとの決戦である。アイヌ軍が今日来れば、三〇〇や五〇〇は倒せたものを、残念至極である。

　アイヌ軍は、手つかず五〇〇〇から六〇〇〇の兵がいる。我が兵は一五〇〇、ここ半月余り走り、戦い、もう疲れも極限までに及んでいる。茂別館も、兵がどの程度残っているのか、まだ不明である。

　兵も逃げ出していることだろう。まさか上之国の花沢館から、我らが救援に来るとは思ってもみないだろう。館からうまく逃げても、この蝦夷地はアイヌの地、住むところさえない。アイヌに見つかると殺されるだけである。後は食う物もなく飢え死か凍死だ。茂別館に残るも、出るも、地獄である。兵を責めることはできまいて」

　信廣はそこまで一気に話すと、居並ぶ将の顔を見る。

　皆、うなずいている。

物見が来る。「アイヌ軍が当別に三〇〇〇集結しましたが、兵が常に動き、我らを攪乱しているものと思われると、若狭様からです」

「季則殿、当別の集落とはここから、いかほどの道程だ」

「五里ほどです」季則が言う。

「して、当別から茂別館までは」

「およそ二里で、ここ中野館からは茂別館まで、七里です」季則が答える。

「知信、茂別館との繋ぎはどうだ」

「急がせているのですが、まだです」

「アイヌ軍も警戒しているのでしょう。見張りが厳しく、茂別館に近づけないようです」

「安東家政殿もアイヌ軍が蜂起して二ヵ月、茂別館が包囲されてから一ヵ月。そろそろ限界だろう」信廣が言う。

「我々が中野館にいる間は、犠牲を嫌うコシャマイン酋長は攻めて来ることはないでしょう」

と佐々木繁綱が話すと、今井吉兼が、

「アイヌ軍は当別に、我が軍は中野館にいて、睨み合いですか」

「茂別館が落ちると、一気に全アイヌ軍がこの中野館に襲いかかる、さすれば残念ながら我々の勝ち目はない。知信、何としても茂別館と繋ぎを取れ、蠣崎軍が中野館を奪還し、十日以内にアイヌ軍の包囲を解くので、今少しの辛抱をと伝えよ。どうしても茂別館の兵が必要である。確認しだい、狼煙を上げるようにと伝えよ。物見を増やし、アイヌ軍の少しの動きも見逃すな、頼むぞ」

そう言って信廣は立ち上がる。

空は暗く星一つ見えない、風が出てきたのか木々がざわついている。

「風が止むと雨だな、明日は雨か。今年は雨が多いな」信廣はつぶやく。

亀川の戦い

今にも降りだしそうな黒い雲が、空を覆う。六月も中旬になろうとしているのに、霜が降ったのか、濡れている肌寒い朝である。

知信が小走りに来る。

「お館様、狼煙が上がりました」

「そうか、茂別館と連絡がついたか。今日は朝から、吉報よ」

茂別館は、ここから七里。むろん狼煙は見えないが、自分の目で見たかったと信廣は思う。これでコシャマイン本隊のアイヌ軍と戦うことができる。

六〇〇〇と一五〇〇では勝ちが余りにも薄い。これで六〇〇〇と三〇〇〇、戦いようでは、勝負に持ち込めるが、苦戦は免れないだろう。ただ、真っ向勝負は無理があるが、奇襲、策略を用いれば、戦えない兵力ではない。

今までもそうして勝った。が、今度は大酋長のコシャマインがいる。そうはこちらの策に乗ってはこぬだろう。

コシャマインも狼煙を見ていた。

「上之国の蠣崎軍と茂別館との連絡が取れたな。非常にまずい状況だ。後手に回ると挟み撃ちにあう」

狼煙を睨み、コシャマインがつぶやく。

シャモを少し甘く見ていたかも知れん。武田信廣という武者、敵ながら天晴れという他ない、よくぞ一〇〇〇に満たぬ兵で、ここまで来たものよ。

タナケシをここに残し、俺が花沢館に向かうべきであったとも思う。

だが、武田信廣よ、ここまでだ。今度は俺が相手だ、覚悟しろ。

中野館からタナケシと息子を引かせ、コシャマインはこの決戦に備えた。

シャモの館など幾らでもくれてやるわ。

タナケシが来る。

「タナケシ、茂別館を包囲している兵を下げ、館のシャモ共に、蠣崎が攻めて来るので我らが逃げる様を見せろ。茂別館の安東家政は、必ず手柄欲しさに我らを追って、茂別館を出る、そこを突くのだ」

「分かりました。一〇〇〇ほどで目立つように撤退します」

コシャマインは息子を呼び、「お前はわしと、茂別館から出る安東軍を叩くのだ。まず、残りの兵三〇〇〇人を三隊に分け、潜め。合図があるまで絶対に出るなと言え。場所はあそこだ」と指差した。

一方、茂別館では、衆議がいつものことであるが混沌としていた。

「打って出る」「否、武田殿を待つべき」

常に意見が合わず、揉めることが多い。今まで持ち堪えていたのが不思議であった。

そこに「アイヌ、逃げて行きます」の報。

「何、さては我らを恐れたか」安東家政は立ち上がった。

「アイヌ軍が撤退しています」と再び伝令が来た。

「よし今だ、打って出るぞ」

安東家政の一言で全て決まった。

「行くぞ！」

次々と茂別館の表門を出る。

小雨の茂辺地川を、アイヌ軍を追って騎馬五十騎が疾走。その後を兵一〇〇〇が走る。

しかし、その先の道には木々が散乱し、先頭を走っていた馬は止まろうとして、勢い余り、後ろ脚で立ち上がる形となった。後続の騎馬達も次々と停止する。そこへ、待ち構えていたアイヌ軍の弓矢が、容赦なく人馬に突き刺さった。待ち伏せと知り「退け、退け」と叫ぶ安東軍に、「かかれ！　行け！」コシャマインの声が響く。

アイヌ軍は「シャモを殺せ！」怒鳴りながら襲いかかる。自分達の三倍の勢力のアイヌ軍の急襲に、安東軍は持ち堪えられるはずもなく、茂別館へと逃げ出した。

安東家政は自身が門を潜ると「門を閉めろ、閉めろ」と怒鳴る。門を閉められ、後から来た兵達は行き場を失い、そこに容赦なく矢が突き刺さる。茂別館の表門にはたちまち、屍の山ができ上がった。

四〇〇〇ものアイヌ軍である。門に、兵の屍に、櫓に、数えきれぬほどの矢が突き刺さっていた。まるで、今までの同胞の恨みもあるのか、夥しい数である。

「退け！」コシャマインは怒鳴る。

いっせいにアイヌ軍は、引き潮のごとく、下がる。

「タナケシを呼び戻せ」

雨が本降りになった。二、三日は続くような、降りようである。

何か騒がしい。多数の足音と甲冑の音もする。

信廣は大広間に向かう、

「おお、信廣殿」と声がする。見ると蠣崎季繁が廊下を歩いて来る。

「義父上、いかがしたのです」驚いて、信廣が声をかけた。

「穏内館を奪い返し、脇本館に向かうとの伝令が入り、コシャマインとの戦に兵が足りず困っているだろうと思ったのだ。茂別館、箱館、志苔館等から逃げた兵が、〝花沢館はまだ落ちてない。それどころか、アイヌ軍との戦いに勝ち、茂別館に向かう、とのこと。行くなら花沢館〟と、山を越え、海から集まりし者二五〇。花沢館の一〇〇と、計三五〇で、一昨日、花沢館を出たのだ。途中、アイヌ兵と二度遭遇し、交戦になり、行軍が思うように捗らず、昨日夕方、花沢館に向かう途中の伝令と出会い、中野館を奪い返したのを知ったのだ」

と蠣崎季繁は話し、信廣の手を取った。

「よくぞここまで、この短い期間でよう来られたものだ。見事としか言いようがない、本当に見事だ」

涙を浮かべ季繁は、皆のほうへと向き直った。

「皆もよくぞ頑張ってくれた、礼を申す」

と、頭を下げる。そんな季繁の姿に皆いっせいに恐縮し、頭を下げた。いかに家督を信廣に譲ったとは言え、相手は、自分達の主人であった蠣崎季繁である。まして家督を譲ったのは、わずか十日前だ。恐縮して当然である。

「それと比石館の厚谷殿に原口、禰保田、大館、覃部館の散った兵を集め、信廣殿に合流するよう話してある。明日か遅くとも明後日には、到着するであろう。どれほど集まるか分からぬがの」

「何人でも、助かります」

信廣が答える。

「義父上、少し、お休みください」

「そうか少し休ませてもらうか、歳は取りたくはないものだ」

季繁が出て行くと、祐長が、

「これで何とか約二〇〇〇の兵が集まりました」

「これで茂別館の一五〇〇以上を加えると三五〇〇を越える」

佐々木繁綱が少し安心したような顔をする。

雨が本降りとなり、屋根や木々を雨が叩く音、屋根を叩く音、様々な雨音がする。明日も雨か？　戦は中断か？　雨音に信廣の心は少し休まった。

「義父上」

声をかける。

「信廣殿か。入られよ」室内から声がする。

「お疲れでした」

「何の、信廣殿こそさぞ疲れたことでしょう。季子殿から文を預かって来た。このたびの信廣殿の働き、大層喜んでおりましたぞ」

言い終わると文を取り、信廣に渡した。

「して、コシャマインとの対決の勝算はどうかね」

「現在アイヌ軍六〇〇〇、我が軍は茂別館の一五〇〇を足しても三五〇〇に届きません。数では不利ですが、勢いは我らにあります」

信廣は続ける。

「ただ、アイヌ軍の援護部隊が、来ぬものとしての計算です。アイヌ軍の動きは、今、当別に三〇〇〇と茂別館を包囲している三〇〇〇ですが、援護のあるなしで、兵の動きがあると考えます。物見はアイヌ兵が当別に、三〇〇〇と知らせてきていますが、兵の位置を動かし、我らを攪乱しているようです」

そう言うと、季繁は、「アイヌ軍の動きと兵力の把握が、鍵となるのう」と、ため息をついた。

「物見を多く出し、茂別館との繋ぎとアイヌ軍の動きを隈なく、調べさせています」

信廣は一人になると季子の文を開けた。

戦勝の祝いと、嫡男光廣の日頃の仕草、自分達は大丈夫であることと、信廣の体を気遣う文言が並んでいた。その中身は、立派な武人の妻、そのものである。いつしか季子も妻になり、母親になっていたのかと、信廣も感心する。

政略結婚ではあるが、季子は信廣にひと目惚れし、父親の安東政季に逆に嫁ぎたいと申し出るほどの惚れようであった。政季にとって、季子は目の中に入れても痛くないほどであり、それゆえに、信廣との結婚を政略結婚と嫌がらないか心配でもあったが、それは杞憂だったのである。

信廣もそんな季子を可愛く思い、政略結婚にしては珍しく、幸せな結婚と言えた。

しかし、この婚姻は、信廣にとっては、若狭に戻ることを諦めることを意味していた。蝦夷地に渡海した際、決意した自分を思い出し、この蝦夷地に根を下ろし、勢力を蓄え、いつの日か若狭の国へ帰ってみせると、決意した時でもある。

振り返り、諦めの悪い自分に苦笑いをする。

外は宵闇が迫り、廊下に灯りが燈り出した。灯りを持って来た藤倉が、「障子を閉めましょうか」と信廣に聞く。

「いや、そのままでよい」

板戸は外されてあり、畳も裏返してある。

まだ館内では、物音があちこちでする。

館内の補修、食糧の搬入、兵の休み処の割り当て等で、小平知信、佐藤季則、工藤祐長らは大変であろう。

雨が小降りになり風も凪ぎてきたようだ。

篝火が雨に当たらぬように、傘のような形の雨除けを高くかざしてある。うまいことを、考えるものである。

その篝火の赤い灯りの前を、白い糸のようにすり抜ける幾本もの雨を眺め、信廣は先ほどの季子の文を思い浮かべる。

「お屋形様」

声の方を見ると、いつの間にか知信がそこにいた。

「ん、知信か、いかがした」

「頭からの知らせが入り、茂別館の安東様が撤退するアイヌ軍に追撃をかけたようですが、コシャマインの罠であったようです」

「馬鹿なことを。して兵の損失はいかほどだ」

「五〇〇は超えるとのことですが、負傷者を入れるとまだ増えるとのことです」

「籠城だから一五〇〇でも耐えたものを、二倍以上のアイヌにわざわざ打って出るとは、家政様も、たわけたことを。河野殿らがついておりながら」

苦虫をかみつぶしたような顔で言うと、

「まず当別だ。アイヌ軍三〇〇〇の兵力、我が軍は二五〇〇の兵力か。コシャマインの本隊がどこにいるのか大至急調べろ」

どこだ、と信廣がつぶやく。茂別か当別か？

夜半に止んだ雨も朝方再び降りだした。今朝まではアイヌ軍の動きもまだないようだ。

翌日も雨であった。アイヌ軍は動かぬであろう。いずれにしてもこの中野館にいるうちは、アイヌ軍は手を出さぬが茂別館が落ちると、いっせいに六〇〇〇以上のアイヌ軍がこの中野館に襲いかかる。まず持ち堪えることは無理である。

茂別館が落ちぬうちに、当別方面に展開しているアイヌ軍を叩くことが先決である。

「物見が戻りました」

藤倉信忠が物見と共に来た。

「アイヌ軍、本隊の旗が当別に見えましたが、コシャマインがいるかどうかは確認が取れません。分かりしだい、知らせがきます」

皆が大広間に集まり、戦談議をし、各々のアイヌ軍との策を講じている。

「物見が戻りました」と声がし、

「ただ今、戻りました。当別のアイヌ軍本陣にコシャマインがいます。若狭様がコシャマインの顔を確認したとのことです」

「ご苦労」信廣が言う。

　雨は風をつけ、横殴りに降り、だんだんと強さを増してきた。

「ご注進、ご注進」と物見が来た。

「アイヌ軍が、当別川の茂別側に陣を張り、数およそ四〇〇〇」

「ご苦労、あい分かった」と知信。

「季則殿」信廣が佐藤季則を呼ぶ。

「は、何か」

「当別川の深さはどうだ、氾濫するほどの川か」

「は、このまま降り続くと水嵩が上がり、明日は渡るのは無理かと思います」

「茂別館から物見が戻りました」

「通せ」

「下国政季様と若狭竜蔵様から、現在兵一二〇〇、食糧は三、四日分、包囲するアイヌ軍三〇〇〇、アイヌ兵は少しずつ増えている模様、以上です」

「現在茂別には、我が軍の物見は何名いるのだ」

「現在二名が館内部に、外に二名です」

「頭の竜蔵は中か」

「はい、そうです」

「ご苦労であった、休め」

物見を下がらせると、信廣は問いかけた。

「知信、その他の物見はどうだ」

「当別川対岸に二名、こちらに三名、釜谷村二名、泉沢に二名、札刈の村落に二名で十一名です」

「物見は何名いるのか?」

「今、動いているのは二十五名ほどです」

居並ぶ将達も、ほう……と声を出す。

その他、信廣の警護三名、知信の傍に常時二名、渡海して津軽方面に二名と、蠣崎軍の物見の数は多い。小平知信の生い立ちに、起因するところであろう。

津軽にいた頃より知信が育て、陸奥の各地に散らばっていたが、蝦夷地に来る際、皆戻り、信廣達と共に渡海した。信廣つきの兵二五〇のうち、五十名ほど、物見としての鍛錬、修業をしている。

そうか、この分だと、明日も動けそうにないかと、横になって信廣は考えた。

気温がだんだん下ってくる。六月とはいえ雨の夜は寒い、ことに今年は、例年より寒いとのことである。いくら寒さに強いアイヌ軍といえども、濡れた体に堪えるであろう。

雨の中、各館を逃れた兵、村落から逃れた民が続々と中野館に集まって来た。

それと茂別館で打って出て館に入れずに中野に向かった兵と、その数五〇〇以上、そのうち戦える者三〇〇程が加わった。

これで二三〇〇の勢力になる。


目が覚める。雨音は聞こえない。薄暗い室内に明かりが射しこんだ。

「誰か戸を開けよ」

「は」と声がし、間もなく戸が開く。

冷気が部屋の中に流れ込む。寒い朝だ、今日は晴れると直感した。

「季則殿を呼べ」

ほどなく佐藤季則が来る。

「お呼びですか」

「当別川の水嵩は、いかほどと思う。渡れるか」

「今朝方まで降っていましたので、浅瀬でも三尺以上は増えていると思われます。まず昼過ぎまでは無理かと思われます」

「そうか分かった。すまぬ、ご苦労」

遅咲きの躑躅が、雨に負けじと花弁を多く残し、勝ち誇ったように咲いている。信廣は庭に降り立ち、花々を眺めた。鈴蘭、百合、黒百合、その他、信廣には分からぬ名の花がいろいろそこには咲いていた。一昨日、ここに来た時から、咲いていたのだろうか。今初めて目にしたような気がする。今は雨に打たれ濡れた花弁が重く垂れ、中には茎が折れているものもある。かつては鮮やかに咲いていたのだろう。

心に余裕がまるでない己に、ちょっと腹が立ち、苦笑いをする。

「お屋形様、何をニヤついているのです」と、知信が来る。

「おう、知信か。花を眺めていたのだ。知信も、少し花でも愛でる気持ちを持て。多恵殿に嫌われるぞ」

信廣が冗談めいた口調で言うと、知信の顔が赤くなる。

「どちらが年上か分からぬな、何を赤くなっているのだ。青鬼の顔が赤いと、これ何鬼と呼ぶのかな。我が家は羆、赤鬼、青鬼と怖い名ばかりだ」

信廣は、面白そうに笑う。知信が怒ったような顔をする。

この頃、兵の間では、小平知信の戦場で暴れ回る姿を見て、今井吉兼の「蝦夷ヶ島の赤鬼」に対し、青鬼のようとだと言われている。顔は優しそうなのに、いざ戦となると人が変わるから、いや藍色の甲冑を身に着けているからと、いろいろだ。いずれにしても、戦場の知信の勇猛果敢な戦ぶりを称えたものであり、誉れなことである。

「知信、今日は昼過ぎまで、動けないようだ」

「佐藤殿から聞きました。当別川の水位が高いとのこと、物見の知らせでも、水嵩が上がり、渡るのは昼過ぎまで無理とのことです」

そこに、佐々木が「物見が戻りました」とやって来た。

「アイヌ軍は当別川、上流方向に動きました。一里ほど上流に、昼過ぎには渡河できる浅瀬があるとのことです」

「ご苦労、休め」と知信が物見をねぎらう。

「コシャマインが動いたか。どこに来る気だ。この中野を攻める気か、皆を至急集めろ」

そう命じて信廣も、知信を伴い広間に行く。すでに、主な顔がそろっていた。

「皆、ご苦労、まず季則殿、茂別館からこの中野までの中間はどこか」

「中ほどに釜谷の村落があります」と、佐藤季則が答える。

「川はあるか」

「亀川という川が近くにあります」

「やはりそうか。コシャマインが陣を敷くならそこだ。川を渡る我が軍を、叩きたいのだろう。中野館まで来る気はないはずだ。コシャマインは、我々が川を渡る時を狙うつもりだ。我が軍と直接、正面からぶつかるのは不利と考え、我が軍が行軍の、それも渡河の最中を襲う考えだろう」

それなら逆に襲ってやるさ、コシャマイン待っていろよ。

信廣は胸のうちで、コシャマインに呼びかけた。

「知信、物見はまだか」

「は、まだです」

絵図面を眺め、信廣は考えていたが、

「皆出陣の用意をせよ。まず陣ぶれだ」

と、次のように陣を整えた。

第一陣、佐々木繁綱、三〇〇

第二陣、今井吉兼、三〇〇

第三陣、工藤祐長、三〇〇

第四陣、鬼庭袋義宗、三〇〇

第五陣、佐藤季則、三〇〇

遊撃隊、小平知信、二〇〇

本　陣、武田信廣、六〇〇

総勢、二三〇〇人である。

「義父上は厚谷重政殿をお待ちください」

季繁に信廣は言った。

「分かった」と、季繁は承諾したが、その顔には、戦に出られないのが不満であると書かれていた。それを見て、広間の皆が笑う。信廣は、皆のこの笑顔が何よりの救いであると思う。

「出陣だ。亀川まで三里だ。一気に走れ。よいな。では行くぞ」

蠣崎軍二三〇〇はいっせいに亀川に向け走る。

「ご注進」

物見が来た。

「まだアイヌ軍は、見えません。亀川は水がほどなく引き、渡れる所ができます」

泉沢村を過ぎ、亀川が見える辺りで、信廣は兵を止める。

「右備え第一陣、左備え第二陣とし、前揃えを第三陣とする。四陣及び、遊撃隊は上流を渡り、茂みに潜め」

そして、知信に命じた。

「知信、我らが川を渡るとアイヌ軍は攻撃してくるが、合図を待てよ」

続けて言う。

「何も恐れることはない。コシャマインは茂別館からの攻撃を警戒し、包囲の兵力を二〇〇〇以上残しているはずだ。亀川に布陣するのは最大で四〇〇〇の兵力であろう」

今までのアイヌ軍との戦で分かったのは、アイヌ軍の野戦の稚拙さである。アイヌ軍は戦そのものが不得意なのかも知れない。初戦を叩き、恐怖心を抱かせると、戦意を消失し、逃げ惑うのみである。したがって、アイヌ軍との戦は初戦にかかっていると信廣は見ている。

「ご注進、ご注進」と物見が来る。

「アイヌ軍、兵四〇〇〇、釜谷村を間もなく通過です」

「よし、旗をできるだけ多く立てろ、兵が多くいるように見せろ。佐々木、陣を鶴翼にし、全軍が布陣していると見せろ」

陣を配置し、昼八つ（午後二時）過ぎた頃に、対岸にアイヌ軍の姿が見え始めた。

「来たな」と信廣がつぶやく。

アイヌ軍、コシャマインは川向いの蠣崎軍の陣立てを見つめていたが、すぐに指示を出した。

「タナケシ、右に一〇〇〇で行け。お前は左で一〇〇〇だ」と息子に場所を指差すと、二人に、

「絶対指示するまで動くなよ。武田信廣とやら、随分と戦上手だ。見ろ！　あの陣立てを。川岸に一列に陣を敷き、我らを包み込む策だ。我らの動揺を誘い、奥の武田信廣本陣がわしを衝くつもりだろう」

コシャマインは向こう岸を睨み、唾を吐くと、

「川岸にはせいぜい一〇〇〇、信廣本陣も一〇〇〇ほど。対し我が方は倍の四〇〇〇、ここは焦らずに料理するのだ。真っ向にぶつかっても、相手は全勢力で二〇〇〇だ、俺達は四〇〇〇だ。慌てずに、相手の動きを十分に見極めてから動け、よいな」

亀川を挟み、両軍の睨み合いが続いている。

コシャマイン、どう出る。来るのか、来ないのか？

信廣は、再び胸の内で呼びかけた。

「物見が戻りました」との声に応じるかのように、すぐさま報告が続く。

「申し上げます。右備え、タナケシ一〇〇〇、左備えにコシャマインの息子が一〇〇〇、中央後方に、コシャマイン本隊で二〇〇〇です」

「あい分かった。ご苦労」

信廣は次々と指示を飛ばした。

「繁綱、対面に陣取っているコシャマインの息子を誘い出せ。敵わぬと見せて退け。相手は一〇〇〇だ、対する繁綱一陣は三〇〇、それを見て侮り、必ず追うはずだ。工藤、正面のコシャマイン本隊を攻めると見せかけ、一陣佐々木繁綱に向かうコシャマインの息子の脇を衝け。渡河のために陣が長くなる、その期を逃すな」

工藤祐長がうなずく。

「タナケシはコシャマインの息子が危ないと見て、間違いなく救援に我が軍の前を斜めに出る、佐藤殿の五陣はその時を逃すな。わしと共にタナケシの柔らかい横腹を、動きのとれぬ水の中で、なおさら柔らかくする。その長い横腹を見せたタナケシに突撃し突き破り、コシャマインの本隊を襲う、よいな」

続いて、伝令に向き直ると、

「伝令、〝本陣が動き、タナケシの横腹を抜き、コシャマインの本隊に向かったら、共にコシャマインの本隊を襲え〟と遊撃隊の小平知信に伝えよ」

伝令は、第四陣と遊撃隊に走った。

第一陣がコシャマインの息子に向かい、歓声を上げ突撃する構えであるが、動きが鈍い。

「アイヌ軍、動きます」

声が上がるのと、コシャマインの息子が第一陣の佐々木繁綱に向かって川を渡るのとほぼ同時だった。一陣が三〇〇ほどと数が少ないと見てとり、打って出たのだ。

コシャマインの息子と一陣が喚声を上げ戦っていたが、佐々木の一陣が押され退却しだすと、コシャマインの息子は「追えー、追え」と突き出して来る。

一陣の佐々木繁綱は「よし、退け、退け」と叫ぶ。

それを見たタナケシ隊も左備えの第二陣に真っすぐ進む。前備の五陣は、タナケシがコシャマインの息子を助けるために横切るのを待って、動かない。

コシャマインは息子を見て「馬鹿、出るな」と怒鳴った。

「タナケシにも退けと言え」

アイヌ軍の伝令が走る。だが、すでに手遅れであった。

コシャマインの息子の渡河で隊列が延びるのを待っていた三陣の工藤祐長は、「よし、喰いついたぞ、右、右」と馬首をコシャマインの息子に向ける。

川を渡るかに見えた蠣崎軍の三陣は、突如、右に旋回した。一陣佐々木繁綱を追うコシャマインの息子の側面に襲いかかる。この三陣の攻撃を機に、退却する第一陣の佐々木繁綱も反転し、息子に攻めかかる。たちまち、蠣崎軍とアイヌ軍が川の中で入り乱れた。

しかし側面に不意を突かれたアイヌ軍は崩れだす。それを見たタナケシは、コシャマインの息子が危ないと見てとり、左に旋回、蠣崎軍五陣の前面を横切り、酋長の息子を救うべく走った。

「今だ、行くぞ、皆の者、遅れをとるな」

信廣の号令と共に、タナケシ隊の横に長く伸びた脇腹めがけ、五陣と本陣の九〇〇が攻めかかる。たちまちタナケシ隊一〇〇〇は二つに割られ、逃げ惑う。

信廣の本陣と佐藤季則の第五陣は、そのまま真っしぐらに、コシャマインの本陣に向かう。コシャマインの息子はすでに退却、と言うより逃げ出している。第一陣が、それを追う。

割られたタナケシ軍は、第二陣、第三陣に襲われ、川、陸と蠣崎軍が追撃している。

戦況を睨むコシャマインが「行くぞ！」と手を上げ、不利な戦局を打破しようと押し出す。が、そのコシャマイン本隊をめがけ、横の林に潜んでいた小平知信の遊撃隊二〇〇、鬼庭袋の四陣三〇〇が湧き出た。知信の「かかれ」の号令とともに、アイヌ軍を支えようとするコシャマインの本隊へと突っ込んでいく。

動揺するコシャマインの前面には、タナケシ隊の脇腹を割った本陣の六〇〇と五陣三〇〇が真っすぐ突き刺さるように、襲いかかった。、アイヌ兵は恐れ慄き、たちまち敗走を始めた。

しかし、日暮れがアイヌ軍には幸いした。暗闇は目の利くアイヌ兵の方に分がある。信廣は追撃を止めさせた。

茂別館まで五里ほどの釜谷という村落に陣を敷く。

「知信よ、夜襲に気を配れ、十分過ぎることはない。よいな」

「物見が戻りました」

佐藤季則が来る。

「アイヌ兵は三々五々当別方面に向かっており、コシャマイン親子も生きています。アイヌ兵の数は三〇〇〇ほどと思われます」

「皆を呼べ」

使い番が走る。

「皆の者、疲れていると思うが、いくらアイヌ軍でも、夜道は危険と当別辺りに陣を張るだろう。物見を多く出し、明日の夜明けを狙う。暁八つ（午前二時）過ぎに出発、暁の七つ（午前四時）前に襲え。コシャマインは、散り散りの兵を夜が明けしだい集めて立て直しを図り、再度攻めようと目論むか、茂別館を取り巻いているアイヌ兵と合流する。一つになるとまだ、五〇〇〇の兵力だ、侮り難い。ここに至っては、コシャマインも総力を挙げてくるはずだ。そうなると侮れない、ここまで来た苦労が水泡と化すぞ。その前に叩くのだ」

信廣はそこでひと呼吸おくと、

「まず、陣替えをする」

佐々木繁綱が声を張り上げる。

今度の陣は、次のようになった。

第一陣、佐々木繁綱、三〇〇
第二陣、今井　吉兼、三〇〇
第三陣、工藤　祐長、三〇〇
第四陣　鬼庭袋義宗　三〇〇
第五陣　佐藤　季則　三〇〇
遊撃隊、小平　知信　二〇〇
本　陣　武田　信廣　三〇〇

「兵が三〇〇ほど減っていますので、動ける者は二〇〇〇です。それで小平殿と図り、本陣三〇〇とします」

「分かった」信廣は答え「繁綱、陣替えがすんだら、そのままいつでも出陣できるよう、待機させろ」と命じた。

次々と物見の報告が来る。散っていたアイヌ兵がコシャマイン本隊に戻り、兵の数が増しているようだ。

外はまだ暗い。夜明けまでは、まだ少し間があるが、信廣は声をあげた。

「知信、出陣じゃ」

「心得ました」

知信の声がする。

松明《たいまつ》の炎に照らされた兵の顔が精悍に見えるのは、自分の心の昂りがそう見せるのか。

信廣は居並ぶ将兵に語った。

「皆の者、いよいよ決戦の時が来た。死に物狂いで戦え。この先、我々がこの蝦夷ヶ島で生きていき、孫子の代まで名を残すか、それとも今、この戦、この地で果てるかは、皆にかかっているのだ。よいか、命を惜しむな。名を惜しめ」

信廣はそう叫ぶと、手を大きく挙げた。

「オォー」

薄水色に変わる空に木霊する。

「一歩たりとも退くな、行くぞ」

「オォー」

再び雄叫びを上げ、二〇〇の蠣崎軍は当別のアイヌ軍めがけ、いっせいに動きだした。

二里の道程を、将兵は汗ばむ顔に浜風を受け、遅れじと走った。六月の蝦夷地は夜明けが早い。暁七つ（午前四時）になると、周囲は十分明るい。

物見が、

「一里ほどのところにアイヌ軍は陣を敷いています。数、二〇〇〇です」

「知信を呼べ」

ほどなく知信が来た。

「陣を敷く場所はあるか」

「はい、物見に調べさせましたところ、この先に小高い丘があり、アイヌ軍の様子も見えます。そこに陣を敷いてよろしいのでは」

「案内せよ」

信廣達は馬を走らせる。

まだ川面に霧が立ち込めている。その奥に、旗と兵が蠢いているのが微かに見える。

「よし、ここに本陣を置く」

コシャマインの真正面である。

「右備えに第一陣佐々木の三〇〇と第二陣今井三〇〇、左備えには第三陣工藤祐長三〇〇、第四陣鬼庭袋の三〇〇」

伝令がそれぞれに飛ぶ。

夜が明けた。朝霧の向こうでアイヌ軍も気がついたようである、動きが大分慌ただしくなった。


「タナケシ！」と怒鳴る。

タナケシは恐る恐るコシャマインの前に来る。タナケシにしてみれば、この戦、上之国、大館とで負けている。だがコシャマインは状況を聞いただけで、文句一つ言わない。

「タナケシ、兵はどれほど集まった？」

「三五〇〇ほど」

「シャモは二〇〇〇か。戦えぬ勢力ではないがな」

コシャマインは目を閉じ、考える。

今はまずい。兵が怯えている上に、武田信廣という男、誠に戦上手よ。

「タナケシ、箱館まで下がるぞ」

「申し訳ありません。わしが不甲斐ないばかりに、このような破目になり」

コシャマインは優しい眼差しでタナケシを見ると、「戦とはこのようなものよ」とだけ言った。次いで兵達に言う。

「皆、聞いてくれ。シャモは二〇〇〇、我ら、現在三五〇〇に満たない。矢も少なくなっている。よって退却するが、シャモに絶対に背中を見せるな。一人でも多くシャモを殺せ。モベツ（茂別）にいくと同胞二〇〇〇以上がおる。共に箱館まで下がり、シャモを今度は叩き潰すぞ」

「おぉ！」

アイヌ兵の歓声が上がった。

「タナケシ、退く我らを、必ず武田信廣は追うはず。一〇〇〇を連れ、あそこに潜み、合図で出ろ。よいな、兵は減らすな。大事にしろ」

コシャマインは、前方の林を指差した。

「皆に伝えよ、今ならまだ、アイヌ軍は三〇〇〇、我が軍は二〇〇〇だ、アイヌ軍の応援が来る前に、勝負を決するのだ。

一陣、二陣は遊撃隊と共に真っすぐコシャマインの本隊を衝け、よいな。四陣、五陣は山側を迂回して、アイヌの伏兵に備えながら、コシャマインの右側面を衝け」

川面の朝霧が晴れてきた。朝露の隙間から朝日が輝き眩しい。緑の柳や草が朝露に光っている。

その眩しさに目が慣れ、視界がよくなり、対岸の様子が分かってくる。意外に、アイヌ軍は近くに見えた。

コシャマインの本陣の旗が見える。

一陣の佐々木繁綱が怒鳴った。

「行くぞ皆の者、続け！」

それに応じるかのように、あちこちで、「遅れるな、行け、行け」と声があがった。

蠣崎軍一四〇〇がアイヌ軍のコシャマイン本隊めがけ一気に進む。野戦の不得意なアイヌ軍であるが、戦の勝負どころは心得ているのだろう、なかなか崩れない。

信廣は叫ぶ。

「物見はいるか」

物見が傍に寄ると、信廣は、

「まだ四陣、五陣は見えぬか」

その時、左前方の林から四陣、五陣の六〇〇が、必死に耐えるアイヌ軍側面から突っ込むのが見えた。

「よし、これで、この勝負もらうぞ」

再び信廣が「アイヌ軍は崩れるぞ。このまま茂別まで突き進むぞ。追え！」と叫んだ。
四、五陣による攻撃で、アイヌ兵は浮足立ち、その後、退却速度が速くなる。
それを見てとると、コシャマインは、

「コシャマインはここにいる、慌てるなよ、慌てるなよ」

その声にアイヌ兵は奮起し、再び蠣崎軍に立ち向かう。

コシャマインは怒鳴る。

「背中を見せるな、タナケシに合図を出せ」

さすがコシャマイン本隊。アイヌ軍も今度は簡単に崩れない。

そこにタナケシ率いる一〇〇〇が喚声を上げ四陣、五陣の背面に襲いかかる。

「退却、退却」と鬼庭袋義宗と佐藤季則が叫んだ。蠣崎軍は兵の損失が一番怖いのだ。信廣も「兵を止めろ」と叫ぶ。

タナケシが、動きの止まる武田信廣の本陣に突き進み、「シャモを殺せ、シャモを殺せ」と怒鳴る。

「お屋形様が危ない」と、将兵が本陣めがけ走った。それを見て、コシャマイン本隊から旗が大きく振られる。

「タナケシ、酋長が退けと」

「くそ、武田信廣め！　あと少しで。退け、退け」

と怒鳴り、コシャマインの本隊めがけて退いて行く。

「タナケシとやら、今回はいい仕事したな、さすがコシャマインよ、兵の動きが今までとまるで違う」

それを見て信廣はつぶやくと、佐藤季則を呼び、「ここからは茂別館までどれほどある」と尋ねた。

「はい二里ほどかと」

「分かった。深追いはするな」

コシャマインは整然と茂別館を包囲していたアイヌ軍と合流、箱館方面に退いて行く。アイヌ軍はいったん箱館まで退き、態勢の立て直しを図るつもりだろう。

信廣達は何の抵抗もなく、茂辺地にたどり着き、茂辺地川に来ると、対岸の茂別館から歓声が聞こえる。

茂別館は小高い丘二十間（約三十五メートル）ほどの高さに作られている。大館、小館に分かれ、その規模は、花沢館の倍以上の規模である。土塁を廻らし自然の沢を利用し、前面には茂辺地川という自然が作った大きな堀がある。

アイヌ軍が倍の三〇〇〇でも、易々と落とせる館ではない、と信廣は改めて思う。コシャマインが、ここを最後としたのも分かる気がする。コシャマインは、最初に多くの犠牲を払うのを嫌ったのだろうが、それが兵力の分散という結果を招き、ここまで追い込まれたのだ。

茂辺地川を渡り茂別館への道を、蠣崎軍は信廣を先頭に進む。歓喜の声が櫓から、土塁の上から、木霊する。

まさに蠣崎軍の凱旋である。

茂別館の門には、下之国守護である下国家政が待っていた。満面の笑みを浮かべた家政は、馬から降りた信廣に、抱き抱えんばかりの勢いで近づいた。

それを見ても、籠城の日々が苦しかったのが分かる。打って出たものの敗れてしまい、兵も失う。少ない兵で、アイヌが攻めて来たらと戦々恐々としていたのだろう。

「信廣殿、よう来てくれた。お蔭で命拾いをしましたぞ。誠にありがたいことだ」

下国家政は拝む手ぶりをした。

家政だけでなく、茂別館全体が、歓喜に沸いていた。上之国の花沢館で武田信廣がアイヌ軍を撃退し、茂別館に向かっていると情報が入ったが、その後、蠣崎軍はアイヌ軍との戦に勝っているようだ、否、上之国に引き返した、と情報は錯綜し、そのたびに館内は一喜一憂していたのだ。

兵糧も心細く、米の他には魚の干物が少々しかなかった。わずかな蓄えをもたせるために、五日ほど前より余り口にせず、館の周囲の沢に入り、ふき、蕨、きのこなどの山菜を採っていた。

館を出ても津軽に渡るのは無理、といって、この蝦夷地に残っても周りはアイヌばかり。この戦の前までは何とかアイヌと共存を図ってきたが、それも無理となると生きていく術がない。

少なくとも運命を共にする仲間がいるだけでも、ここ茂別館に留まる意味があるのだろう。彼らにとっては、信廣が神にも仏にも見えたのかも知れない。

茂別館内には、戦える兵は五〇〇ほどになっていた。

蠣崎軍がアイヌを殲滅し、茂別館に入ったこと、一方のアイヌ軍が包囲網を解き、箱館に退いたことが知れ渡り、箱館、志苔館から逃げて来た兵一〇〇ほどが、茂別館に入った。

むろん、蠣崎軍にも死傷者が出て、二〇〇〇に満たない数である。しかし、合わせると二五〇〇となり、茂別館に二〇〇の守備兵を残しても二三〇〇は出陣できる。

アイヌ軍はコシャマイン三〇〇〇と茂別館を包囲していた二〇〇〇が箱館に集まっているとの物見の知らせである。

二三〇〇で五〇〇〇の箱館を落とすのは不可能であろう。ましてコシャマインが指揮をとるとなると、なおさらである。

ここはどうしても、箱館からアイヌ軍を、コシャマインを、引っぱり出さなければならぬ。そのためにはどうすればいいのか、信廣は考えていた。

久根別川の戦い

「コシャマイン酋長のアイヌ軍五〇〇〇人、箱館にいつまで、籠っていられるか？」

茂別館の大広間で信廣は思う。

上座中央に、下之国守護安東家政、一段下の片側に松前守護補佐相原政胤、向かいに上之国守護補佐の武田信廣、以下、中野館主佐藤季行、志苔館主小林良景、脇本館主将士季直等が並ぶ。

信廣の仕える安東政季の弟で、妻季子の叔父でもある安東家政が「まず、信廣殿」と声をかけた。信廣は、上座の家政を見る。

「このたびのお働き、誠に大儀、皆に成り代わり礼を申す」

他の館主も、各々信廣に頭を下げる。

「信廣殿の働きで命拾いをしたが、何としてもアイヌ軍を叩かぬと、兄上に合わす顔がない」

下国家政は、苦虫をかみつぶしたような顔で言う。

「信廣殿、何か策はござらんか？」

「我々は運にも恵まれ、上之国で辛くもアイヌ軍を撃退し、比石・原口・禰保田館、そして松前之国の大館、そして覃部・穏内・脇本・中野館と数は多いが、まともに戦ったのは大館のみであり、他の館は兵が五十人程と、いないも同然。よって兵も温存できたが、それは、アイヌ軍とて同じことでございます」

信廣は言葉を切り、下国家政と各館主の顔を見て、再び話しだした。

「しかし、亀川でコシャマインが出てくると、アイヌ兵の動きがまるで違いました。コシャマインの息子の勇み足で勝利はしましたが、兵の引き際を見ても侮れません」

信廣は下国家政の顔を見て、

「箱館には五〇〇〇からのアイヌ軍、対して我々は二〇〇〇程、至難の業、無理というものです。この戦、コシャマインをいかにして箱館より引っぱり出し、野戦に持ち込むかにかかっています」

と答えた。

「勝てるか？　武田殿」

間を置かず下国家政が聞いてくる。

「どうでしょう、数から言うと無理ですが、古来より大軍に策なしとか。コシャマインが数に頼み、この軍勢、集まりしことが策よと奢ると、賽の目が我等に転ぶやも知れません」

家政は苦虫をつぶしたような顔で聞いている。

思案顔の信廣はくり返した。

「コシャマインをいかにして箱館から出し、野戦に持ち込むかです」

家政は一同を見回し、

「他に何か策はないかの」

それを聞き、皆、思案顔でいる。誰も声をあげないのにじれ、「コシャマインも動かぬようだから、今日はこれで解散しよう」と家政が言う。

皆、大広間から出て行く。

しかし信廣は広間に残り、外を見ていた。

花沢館を出てから、もう一ヵ月である。

山々の木々の緑も、濃くなったものだ。

やっと安東の殿、安東政季より、兵糧は松前に送られてきた。実は大館を落としてすぐに、使いを出してあったのだが、今朝着いたと知らせが入った。後は、津軽蠣崎よりついて来た布施、細貝、石黒らが買いつけに津軽、越後、越中まで足を延ばしているようだが、そろそろ帰って来るだろう。

兵糧は何とかなるであろう。それに交易船は常に出入りしているので、倭人の村落の民等は食いつなぐだろう。

だが地元の将兵はよいが、蠣崎軍のように遠征している将兵は大変である。各々、地元から送られる兵糧は大事なものであり、無駄のないように兵の口に入る。

蠣崎軍の兵糧は大変である、ただ、救われるのは、各館もアイヌ軍が攻め入るまでに時間があったために、兵糧・武具は隠したのだ。そのため館に置いたのは当座の食糧のみであり、アイヌに奪われるのを免れた。

　しかし、蠣崎軍は茂別館と大館の大半を使用し、何とか雨露はしのいでいるが、兵糧が届くまで、兵に腹一杯食べさせてやれない。これが長期に亘ると、兵の士気に関わってくるだろう。

　広間に佐々木繁綱、小平知信、工藤祐長、今井吉兼らが次々と十人ほど回りに集まってくる。今後の動きを知りたいのだが、腕を組み、表を見て物思いに耽っている信廣の姿に、声をかけ難いのだ。

　それに信廣が気づき、「来ていたのか、いかがいたした」と声をかける。

　皆を代表するように、佐々木繁綱が声を発する。

「お屋形様に、これよりどう動くのかを、お尋ねしたいと思いまして」

　信廣が腰を下ろすと、皆も信廣の回りに移動する。

「それを考えていたのだ、コシャマインが箱館から出ないことには、話にならんな」

　信廣が誰に言うとでもなく話す。

　佐々木繁綱が「コシャマイン酋長を誘い出す手筈はありますか」と信廣に尋ねる。

　少し間を置き、信廣が口を開いた。

「一つは、アイヌ軍の兵糧経路を断つ。二つ目は秋の狩猟時期まで待つ。三つ目は、箱館を小部隊で何度も攻撃し、箱館を出ないコシャマイン酋長を嘲笑う。そして、怒り出るのを待つ。この三つだろう」

「して、信廣様はいずれに」と、工藤祐長が聞く。

信廣は再び間を置き、考えてから口を開く。

「一つ目は、兵糧の輸送経路をヤクモから海岸線を志苔館、箱館と来るか、ヤクモから山道を来るかの二つだ」

いったん、言葉を切ると、

「どちらも、一時的に襲う程度で、輸送路を断つには、二つの経路と間道を入れると、兵は最低二、三〇〇が必要となる。茂別館からも遠いし、アイヌ軍に悟られ、襲われると全滅するだろう。それでなくとも、我が軍は兵が少ない、兵の消耗は絶対に避けたい」

皆が互いに顔を見合わせ、うなずき合う。

信廣は皆の前に腰を下ろし、再び話し始める。

「三つ目も、コシャマインが易々と乗ってくるとは思えない。そうなると、残るは二番目の狩猟時機まで待つ、ということだ。しかし我が軍が二ヵ月間もここに留まるには、兵糧が続くかどうかが問題である。どう思う」

と、信廣は皆の顔を見渡した。

佐々木繁綱が言う。

「安東の殿よりと布施達の兵糧が届きますが、花沢館他も、目いっぱい我が軍に運んでいるので、各館にも分ける必要があります」

「もって、二ヵ月でしょう」

繁綱の言葉を引き取り、小平知信が続けた。

皆が「二ヵ月か」と言う。

佐々木繁綱が「頑張っても二ヵ月半だ」。

それから、と信廣は続ける。

「ここ、茂別館も現在、誠に兵糧が少ない。皆、苦労をかけるが、もう少しの間、辛抱してくれ」

信廣が頭を下げる。

兵が、総出の状態で、海と川で魚介類、山では山菜、狩りで鹿、兎、熊、鳥を採り、穀物は多くはないが各館に船が入ると届く。味噌、醤油、塩などは、今は何とかなっている。

しかし、村民を含むと三〇〇〇人からの人々の口を満たすのは大変である。

「コシャマインも出て来る気配がない。まず、戦の道具の補充と修理、馬の補給を頼む。

それと体を休めろ」

「お屋形様」

小平知信の声で目が覚める。心地よい潮風を頬に受け、いつの間にか浜辺で眠ったようだ。

ここ二、三日天気がよい。カルカヤの黄色い花を一面に敷きつめた丘、その黄色の花とその向こうの海の蒼、その間を川でも流れるように、早咲きのハマナスの深緑の葉と赤い花が咲いている。

遥か海の向こうに山が見える。その麓に、コシャマインがいる箱館がある。

「知信か、どうした」

「久根別川の仮橋ができたと連絡が入りました」

「そうかできたか」と、信廣はうなずく。

「まあ知信、ここに座れ」

促されるまま、知信は信廣の横に座った。

「このように並んで座ったり、一緒に寝たり、昔はようしたものだ」

信廣は笑いながら言った。知信はただ、笑って聞いている。

「相撲で負けて泣いて、剣術で負けては泣き、落馬しては泣き、よう知信には泣かされたものだ」

「よく泣いたから、お屋形様はこんなに立派になられました」

知信は微笑んだ。

「知信よ、正念場だな。コシャマインと決着をつける時が来たようだ、戻るぞ」

馬に跨るなり、もう信廣は駆けていた。

茂別館に着くと、「藤倉はいるか」と声をかける。藤倉がすぐに駆け寄る。

「すぐに繋綱に広間に来るように言え」

佐々木繁綱が小走りにやって来る。

「お屋形様、何かありましたか」

「繁綱、久根別川の橋がかかったようだ。コシャマインを箱館から何としても引きずり出す策を考えてくれ」

信廣は続けて、

「それとコシャマインの腹が分からん。兵を少し動かし、動きを探ってくれ」

「分かりました。早速、かかります」

繁綱は足早に広間を出た。


未明、信廣は雨音で目を覚ました。

夜が明けようとするのを雨雲が邪魔をしているのか、薄暗い。明六つ（午前六時）。とっくに明けてもいい刻限である。

昨日は天気がよかったのに、また雨か、久根別川の橋をかけ始めてからは雨続きだ。今年は雨が多い。蝦夷梅雨というらしい、そのせいか寒い日が続く。橋はできたが、今度は流されるのが心配である。

障子を開け、縁側に出る。身震いが出るような寒さだ。

藤倉信忠が「お目覚めですか」と声をかける。

「佐々木様が参っておりますす。食事の後でと言っておられますが、いかがいたしますか」

「いや、すぐ会う。呼んでくれ」と答えると、すぐに佐々木繁綱が来た。

「相変わらず繁綱は早いな」信廣が言うと、

「歳を取ると、若も早くなりましょう」

誰もいないと繁綱は昔のように時々、信廣を「若」と呼ぶ。

「昨日の件ですが、今朝早く、鬼庭袋義宗に一〇〇、今井吉兼に一〇〇つけて箱館付近の海岸に、遊撃隊の一〇〇をヤクモから箱館まで、神出鬼没に動き、アイヌ軍を翻弄し、派手に動かせます」

繁綱は口早に言う。

その繁綱の言葉を受け、信廣は「藤倉、いるか、信忠」と藤倉信忠を呼んだ。

「藤倉、若狭竜蔵に繋ぎを取れ。アイヌ軍の動きを見張れと。それと竜蔵にすぐ戻れとな」

「はい、直ちに使いを出します」

「繁綱、この戦、コシャマイン酋長を殺さぬと、終わらぬということだ、コシャマインが囮の兵にどう反応するかだ」

「はい、コシャマインの出方で策を立てますが、いずれにしても、早めに準備した方がいいでしょう」

佐々木繁綱は、笑みを浮かべ部屋を出た。廊下で小平知信と会う。

「知信殿、今、体が空いていますか」

「何か」と、知信が答える。

「久根別川の地形などを見ておきたいのだ」

「分かりました。すぐ用意します」

知信は藤倉信忠を呼び、

「佐々木繁綱殿と久根別川まで行く。手の者十人ほど頼む。そして、お屋形様に、佐々木殿と久根別川に行って来ると伝えてくれ、頼むぞ」

藤倉信忠は、部屋に入って伝えると、信廣は「分かった、この雨では、難儀だな、それから祐長を呼べ」

ゆっくりとした足取りで工藤祐長が来る。

雨に濡れた庭を見ている信廣に「お呼びですか」と聞いた。

信廣はゆるりと首を回し「コシャマインに策をしかけた。二、三日内に動きがあるかも知れん。出陣の用意をしておけ。陣ぶれは書いてある。繁綱と知信は、久根別に地形を見に行ったそうだ」

と言い、信廣はいつも通りの、氏名と兵数を書いた書き付けを渡す。

藤倉信忠が見て、「すぐに整えます」と下がった。

書き付けには、このようにあった。

第一陣　佐々木繁綱　三〇〇
第二陣　今井　吉兼　三〇〇
第三陣　工藤　祐長　三〇〇

第四陣　佐藤　季則　三〇〇
第五陣　鬼庭袋義宗　三〇〇
遊撃隊　小平　知信　二〇〇
本　陣　武田　信廣　六〇〇
茂別館守備下国家政　二〇〇
　　　　　　　　計二五〇〇

書付けを見た信忠は、廊下を歩きながら「二五〇〇か、今までで一番兵の数が多いな。アイヌ兵は五〇〇〇超えか、いよいよ決戦だな」とつぶやいた。

一時止んだ雨が、ポツリ、ポツリと落ちてきたが、やがて、その雨も昼九つ（午後〇時）を過ぎた頃に上がり、青空が広がってきた。

日暮れ前に、佐々木繁綱、小平知信が帰って来た。二人は着替えてすぐに信廣のところに来る。

「ご苦労、濡れたろう」

信廣のねぎらいに、「雨は昼前に上がりましたので、帰りには乾きました」と、知信が答える。

「飯はまだだろう、皆で食おう。信忠、皆を呼べ」

廊下に控えていた信忠が、「はい」と答え、立ち去った。

次々と今井、佐藤、鬼庭袋等が来る。そこに食膳が運ばれて来た。

各々が膳の前に座ると「久し振りだな、若狭の国では、隠れて、このように皆で食べたな」と、佐々木繁綱が懐かしそうに言った。

「あの頃は嫌なことも多かったが、今になるといい思い出だ」

信廣の遠くを見るような眼差しは、今は亡き母でも偲んでいるのか。

「それで繁綱、いかがであった、久根別は」

「久根別川を渡って半里ほどのところに、布陣に適した場所があります」

繁綱が答える。

「アイヌ軍は橋がかかったことをまだ知りません。アイヌ軍の偵察は、若狭殿の手の者がことごとく始末しています」と知信。

「後はコシャマインがどう動くか」

今井吉兼がつぶやくと皆がうなずく。

久し振りに若狭以来の者達が集まり、思い出話と、ここまで来た苦労話が夜まで続く。

外は再び雨が降りだし、夜も更けゆく。

翌朝。夜半からの雨もあがり、朝の日差しが目に眩しい。信廣も中庭で日を浴びながら手足を伸ばした。

「知信はいるか」と呼ぶ。

すぐに返事がし「おめざめですか」と知信が来た。

「昨夜はだいぶ飲みましたね、大丈夫ですか？」

「久し振りの酒で今朝は具合が悪い」

信廣が答えると、「お館様は酒を飲まないのに無理に飲むからですよ。皆も面白がって勧めるから」

知信は笑いながら話す。

「頭からは、何か」

信廣が問うと、

「繋ぎは取ってあるので、そろそろ参りましょう」

朝四つ（午前十時）頃に「ただ今、戻りました」と、若狭竜蔵の声がした。

「頭か、入れ」

竜蔵が入ると「久し振りだのう」と、信廣は気さくに声をかけた。

「どうだ、コシャマイン酋長の動きは」

「蠣崎軍の兵に動きがあると、コシャマインに知らせが入ったようです。昨夕、今朝と、箱館にたて続きに伝令らしき早馬が入りました、その後、にわかにアイヌ軍の動きが、忙しくなりました。箱館に潜む、当方のアイヌと繋ぎを密にするよう、伝えましたので、随時、連絡が入ると思います」

「頭、いよいよ決戦の時が来た。アイヌ軍は少なく見ても五〇〇〇、我が軍は二五〇〇、数の上では太刀打ちできない。しかしここで敗れるわけにいかぬ」

信廣はそこでひと呼吸おくと、再び静かに話しだす。

「我々がこの地の果て、蝦夷地に参り、根を下ろすと決めた時より、覚悟はできていた。皆のためにも、己のためにも、何が何でも勝つのだ、頭、頼むぞ」

「は、ではアイヌ軍に、張りつきます」と、若狭竜蔵は再び箱館に戻った。

知信が「お館様」と声をかけてくる。

夜五つ（午後八時）、日が落ちたのに、蝦夷地にしては蒸し暑い夜である、時々吹いてくる浜風が心地よい。

「どうした」

「頭より連絡が入り、コシャマインが動くようです。戦支度を始めたとのことです」

「そうか、コシャマインめ、どう動くつもりだ」

信廣は夜空を見上げ、言う。

「知信、明六つ（午前六時）に皆を集めろ」

翌朝は、さわやかな朝である、よい季節になってきた。

大広間には、茂別館にいる全ての武将が集められた。上座中央には館主である下之国家政、両側に各武将が居並ぶ。

家政が「信廣殿、いかが致しました」と、丁寧な言葉とは裏腹に、こんなに早くから何だという顔で聞く。

「コシャマインが動くようです。ここ、茂別館で籠城戦か、出て野戦に持ち込むか、いずれを選ぶか、衆議致したく」

信廣の言葉に、下国家政が「信廣殿、それでは、籠城がよいであろう、先もアイヌは攻めて来なんだわ、今度も大丈夫じゃ」と皆を見回し、自慢気に言う。

「しかし、今度はコシャマインも本気で攻めて来るでしょう」

「先の攻めが本気でなく、何ゆえ今度は本気なのだ、どうしてそのようなことが分かる」

「先の籠城が二〇〇〇ほどの兵で守りきれた、と考えていたら大間違いです。コシャマインが攻めなかっただけです」

下国家政は黙りこんだ。

信廣は続ける。

「コシャマインは焦ってきているはずです」

「信廣殿、何でコシャマインが焦っているのだ」

家政が怒ったように言う。

「一〇〇に分けた兵、四隊を囮に出してあります。コシャマインは、輸送途中の兵糧を我が軍が狙っていると思うか、または、志苔館を取り返すため兵を動かしていると思うか、コシャマインが焦る材料にさえなれば、どちらでもよいのです」

「そのような兵をいつ出した」

「昨日の朝早くです」

「私に相談なくか」

「は、私の兵を使いました」

信廣と家政とのやり取りを、双方の家臣が不安そう見守る。

「コシャマイン酋長が今度は本気で、狩猟時期の秋口までの一ヵ月半に、五〇〇〇のアイヌ軍を一気に攻めに転じることでしょう」

「しかし、我らも二五〇〇。ここ茂別館に立て籠ると、そう易々落ちることはない。そうは思わんか」

「十二館あるうち、志苔館、箱館はアイヌ軍に占拠され、ここ茂別館に立て籠ると、他九館は兵も、ほとんどおりません。抵抗すらできない。茂別館以外の人々は皆殺しとなることでしょう。

また、茂別館が落ちることがなくとも兵が傷つき、倒れ、半分の一〇〇〇が残ったとしてもすぐ冬。我が軍は戦の備えもできない上に、雪解けを待って再び、アイヌ軍は一万人以上で攻めてくることは必定。春になっても我々は、どこからも援軍が来ることはない。結果、この蝦夷地に我々は誰一人、生きて残ることはできぬ。皆殺しでです」

下国家政は、苦い顔で、信廣を見おろしている。

これで勝負あったと、居並ぶ武将は誰もが思った。武将も大半は蠣崎軍の者ばかりである。

信廣は低い、しかし、はっきりとした声で、

「よって、ここは打って出る以外に、道はなし。我が軍二五〇〇人、力を合わせ、死に物狂いでアイヌ軍と戦い、コシャマイン酋長の首をもらう。そして勝つ」

ここでいったん言葉を切ると、広間にいる武将達に向き直った。

「皆、頼みますぞ」

「やるぞ、勝つぞ」と、皆、互いに手を取り合う。

「家政様はどう考えますか」

改めて信廣は家政の顔を見た。

「……ここは信廣殿に、任せよう」。

家政は、そう答えるしかなかった。どう見ても兵の六割は武田信廣の兵であり、茂別館の兵も、大半は信廣に従っている現状で、信廣に余り反対できないことを家政も分かっている。

「コシャマインがどう動くかです。箱館から出て来ぬと我が軍の勝ち目はない、ここでコシャマイン親子を討ち取り、アイヌ軍を殲滅しない限り、蝦夷地では生きられませんぞ」

繁綱が言う。

「コシャマインは大酋長だ、負けて簡単には退かぬ、奴にも意地と誇りがある。絶対に来る」

信廣は、願うように言った。

佐々木繁綱が立ち上がり、皆に告げた。

「知らせが入りしだい出陣する、配置はこの後にする」

そして、「家政様」と、今度は下之国家政の方に向き頭を下げる。

「何だ」と、下国家政は繁綱が何を言い出すのかと少し身構えた。

「茂別館の兵は五〇〇ほど。二〇〇を守りに置き、三〇〇は、出陣して頂きたい」

下国家政は「仕方ないだろう」と答える。

「家政様、ありがとうございます。それでは」と繁綱は立ち上がった。その手には、新しい陣立ての書き付けがあった。

第一陣　佐々木繁綱　三〇〇
第二陣　今井　吉兼　三〇〇
第三陣　工藤　祐長　三〇〇
第四陣　佐藤　季則　三〇〇
第五陣　鬼庭袋義宗　三〇〇
遊撃隊　小平　知信　二〇〇
本　陣　武田　信廣　六〇〇
　　　　　　　　計二三〇〇
茂別館守備　下国家政　副将小山隆政　二〇〇

将は、全て蠣崎軍で占められている。

「各々の隊の確認を行い、いつでも出陣できるように。なお、不明点は小平知信殿、藤倉信忠に訊ねよ。以上だ」

　信廣は大広間に、絵図面を前にして座ったまま動かない。

　佐々木繁綱、工藤祐長、小平知信が残る。

「藤倉に、まだ頭から連絡はないか聞いてくれ」

「コシャマイン酋長よ、早く動け」と信廣がつぶやくと、三人が含み笑いをした。

　朝四つ（午前十時）過ぎ、「お屋形様」と藤倉信忠が来る。

「来たか」と佐々木繁綱が言う。

「お屋形様、頭からです。箱館に潜む手の者と繋ぎが取れ、コシャマインは茂別館に向かうとのことです」

　藤倉信忠が言うと、

「して時刻は」

　繁綱は膝を乗り出した。

「明日、朝とのことです」

「そうか、ついに来るか」知信がつぶやく。

「よし行くか」信廣が立ち上がる。

「よーし」と皆も立つ。

「知信、出陣の刻限はいつになる」

「は、昼九つ（十二時）過ぎには」

「日暮れまでに久根別に着きたい。急げ。知信、先に行き、七重浜に潜め。第三陣も準備ができしだい、後を追わせる。それと頭に繋ぎを取り、アイヌ軍には絶対にこちらの動きを悟られるな。蟻一匹、久根別川を渡すな、と言え」

信廣は下国家政のもとに向かった。

「おう、信廣殿、いかがした」

「家政様、コシャマインが明日朝、動きそうですので、これから出陣致します」

「そうか、頼みますぞ」

「では、これにて」

信廣は一礼すると門に向かった。藤倉信忠が用意した馬に跨り、兵達の待つ外へ出る。兵達は信廣を見ると、いっせいに歓声を上げた。そして、信廣が鞭を前に出すと、一瞬に鎮まる。

「これから我が軍は、アイヌと戦う。傷を負った者も多いが、命惜しむな、名こそ惜しめ、末代まで名を残せ。この蝦夷地に我らの子孫の安泰を図るためぞ。狙うはコシャマインの首ひとつぞ」

信廣は鞭を空に突き挙げ、ゆっくりと、馬を兵の中へ走らす。

「エィ、エィ、オー、エィ、エィ、オー」

鬨の声が木霊する。

陽が落ち、夕暮れが迫る頃、全軍、久根別川に着き、布陣した。

「夕食を早めにすませ、極力火を少なくせよ、見張りを多くせよ」

あちこちで声がする。

夜五つ（午後八時）頃、「お館様」と知信がやって来る。

「コシャマインの動きはどうだ」

「はい。タナケシと息子率いるアイヌ軍三〇〇〇、明朝、先鋒として茂別館に向かいます。コシャマイン二〇〇〇は、当方の動きを見ながら、出て来るつもりでしょう」

「よし知信、手筈通りに七重浜の丘に潜め。それと、佐々木繁綱を呼んでくれ」

繁綱は、すぐに来た。

「コシャマインはタナケシと息子に兵三〇〇〇で先鋒、その後を本隊二〇〇〇だ。いよいよ茂別を攻めに来る。明日、夜明けと共に陣を敷け。海側、右備えは、三陣工藤祐長、五陣鬼庭袋義宗の計六〇〇、後方に本陣六〇〇。合わせて一二〇〇。左備えは、一陣佐々木繁綱、二陣今井吉兼の計六〇〇。四陣佐藤季則の三〇〇と遊撃隊の小平知信二〇〇の計五〇〇は、川を渡って七重浜に潜め。頼むぞ」

コシャマインはタナケシと息子に言い聞かせていた。

「いいか、シャモは我々の半分の兵だ。焦るな、落ち着き腰を据えて戦え。万に一つも負けることはないのだ。シャモは兵の数が絶対数少ない。茂別館を包囲するだけでいいのだ。蠣崎軍が来たので、民が茂別館に集まっている。また民や兵が増え、兵糧は半月も持たぬ。十日もせぬうち、打って出ざるを得ない。シャモが我慢できずに出て来たところを、五〇〇〇で叩くのだ。

しかし、武田信廣は、必ず陽動作戦に出る。シャモの動きを見極め、伏兵には十分に目を配れ。今までの戦でも、必ず武田信廣はどこかに兵を忍ばせている。油断するな、いいな」

そして、アイヌの兵達に向かって声をあげた。

「皆の衆、これが最後の戦いだ。シャモは二〇〇〇足らず。我が方は倍の五〇〇〇以上だ、負けるはずもない。何があっても絶対に退くな、シャモは皆殺しだ！　生きて海を渡らせるな。死んでいったウタリ（同胞）の仇を取るのは今だ」

コシャマインは手を高く挙げる。アイヌ軍の雄叫びが木霊し、海に山に、響き渡った。

茂別館では夜明けと共に、兵が蠢いている。

朝靄の中、足音、蹄音、いななき、指示する声が信廣の耳に届いた。おそらく整然と配置についているのだろう。

明六つ（午前六時）。

「お館様、終了です」

繁綱が報告に来た。

「皆そろったか。コシャマインは、我々の兵が少ないので、必ず籠城策をとると考えている。我が陣を見て驚き、間違いなく川向こうに陣を敷く。即、渡れる浅瀬はここしかない。そしてコシャマインの本隊の到着を待つ。そこを襲う。

いいな。アイヌ軍が対岸の我が陣を見ておそらく、慌てて陣を張るはず。そこで繁綱、吉兼の一陣、二陣の六〇〇は上流の橋を渡り、アイヌ軍が川を渡りだしたら側面を衝け。急げよ。しかし動きを悟られるな。そなた達が側面を衝くと同時に、知信の遊撃隊二〇〇と佐藤季則の陣三〇〇が後ろを衝く。混乱するアイヌ兵は川を渡る。それは祐長の三陣三〇〇、五陣鬼庭袋の三〇〇と本陣六〇〇が防ぐ。アイヌ軍は袋の鼠だ。知信と佐藤はすでに配置についている。アイヌ兵は行き場がなくなる。頃合いを見て、退路を開けろと言ってある。窮鼠猫を噛む、の譬えもあるのでな。

後ろに二〇〇〇のコシャマインがいる。少しでも兵を温存したい。アイヌ兵は負けて戦意を喪失すると、いったんバラバラに散り、逃げ惑う。回復に時間がかかる。

コシャマインの本隊二〇〇〇とタナケシ隊は三〇〇〇、全体で五〇〇〇だ、分断すれば十分に戦える数だ」

努めて平静な声を出そうとしているが、信廣の心中は、穏やかではない。

次々にタナケシの率いるアイヌ軍が箱館を出発、久根別まで何里と、刻一刻、報告が入る。

「肝心なのは、館より我々が出ていることを、少しでもコシャマインが知ることを遅らせることだ。信忠、遊撃隊に行って、頭に、戦いが始まったら、タナケシからコシャマインへの繋ぎを取らせるなと言え」

　藤倉信忠は馬を飛ばした。

　昼九つ（十二時）過ぎ、アイヌ軍が姿を見せた。


「川向こうにシャモが陣を張っております」

　タナケシに報告が入る。

「くそ、シャモは対岸の蠣崎軍を見ると怒鳴った。まだ川を渡るなよ」

「シャモの数は二〇〇〇にも満たない」

　コシャマインの息子は言う。

「それに、川を渡るにはここしかない」

「いずれにしても酋長を待とう」

　と、コシャマインの息子とタケナシは顔を見合わせた。

　互いに久根別川を挟み、相対する陣形である。

「よし、佐々木繁綱、今井吉兼、静かに移動だ。行け」

　信廣は低い声でつぶやいた。その声が聞こえたかのように一陣、二陣が動く。だが、兵は動いていないと思わせるため、旗も幕も、その場に立てたままにしておいた。

対岸のアイヌ軍の動きが収まる。配置が終わったようだ。
一、二陣もそろそろ位置に着いたろう。
作戦開始だ。

「行け」

信廣の手が上がると、本陣六〇〇が川を渡りだす。


「タナケシ、シャモが攻めて来るぞ」

「酋長はまだか」

タナケシは怒鳴った。

三陣、五陣は川の半ばまで行くと停止する。これ以上進むとアイヌ軍の弓矢が届く。

待つ、待つのだ。

刻が長く感じられる。

「まだか繁綱、吉兼」

信廣は見る。瞬きもせず見る。

アイヌ軍は弓を引き構えている。

足場の悪い川の中、三〇〇のアイヌ軍の弓矢を一斉に射られたら、全滅は免れない。

その時、対岸側面の丘より歓声と共に、繁綱、吉兼が率いる一陣、二陣の蠣崎軍六〇〇が攻め降りた。

アイヌ軍は側面よりの奇襲に動揺した。
一、二陣はアイヌ軍の中ほどまでも突き進む。同時に、対岸の斜め後方より、満を持して機を窺っていた遊撃隊、四陣の五〇〇が、湧き出るように、戸惑うアイヌ兵めがけて襲いかかる。
右往左往するアイヌ兵は、次々と倒れていく。たまらんとばかり川を渡ろうとするが、川の中ほどにいた三陣、五陣と本隊、合わせて一二〇〇が、アイヌ軍めがけ襲いかかった。

しかし蠣崎軍も、疲れが出てきている。

アイヌ軍と蠣崎軍は入り乱れ戦う。動揺していたアイヌ兵も、今度は逃げず耐えているのは、コシャマインの本隊が後ろにいることを知っているからだろう。将によってこれだけ兵の士気に違いがあるのか、信廣は戦況を眺め思う。

川中の戦いは甲冑を付けている蠣崎軍の動きが鈍く、疲労が激しい。

「小平知信と佐藤季則を引かせろ」

信廣は怒鳴る。

退却の合図の鐘が鳴り、遊撃隊と四陣が陣を引くと、アイヌ軍の退路を開ける形となった。

それを見たアイヌ軍は、九死に一生を得たとばかりに、箱館方面に撤退を始める。

蠣崎軍も早く態勢を立て直し、後続のコシャマイン酋長本隊の攻撃に備えなければならないのだ。

信廣は法螺貝を吹けと命じ、撤収の法螺貝が勝ち誇るように木霊する。

「使い番が来ました」と、新田が連れて来る。

「七重浜の入り口までコシャマイン率いる二〇〇〇が来ています。また、途中、アイヌ兵の一隊と遭いましたので、今頃は、戦況はコシャマイン酋長に伝わっていると思います」

「ご苦労、休め」

暮六つ（午後六時）頃に「お館様、ただ今帰りました」と、若狭竜蔵が来た。

「どうだ、コシャマインは」との信廣の問いかけに、竜蔵は、

「は、ここより一里半ほどの場所に陣を張りました。兵、傷を負った者を含め、五〇〇〇弱ですが、戦力になるのは四五〇〇ほどかと」

と答えた。

「三五〇〇か。繁綱、我が方はどうだ」

「多く見積もっても二〇〇〇かと。負傷二〇〇と一〇〇ほどを失いました」

繁綱が答える。

「完璧な勝ち戦であるのにも拘らず、これだけの痛手。少しでも策が狂っていたら、我が軍二〇〇〇以下となり、危ういところでした」

小平知信が胸を撫で下ろす仕草をする。

「それにアイヌ軍も簡単に退かなくなりました、やはり危機感があるのでしょう」

「まず戦は明日、朝だろう。兵を休めろ。それと仮橋をアイヌに気づかれないように、細心の注意を払うよう、頭に伝えてくれ。それから、コシャマインに使いを出し、戦場の兵を撤収するようにと伝えよ。夜、五つ（午後八時）までとする、その刻限を過ぎたら夜襲とみなすと伝えよ」

佐々木繁綱が「アイヌ軍の夜襲に備えろ。橋の傍には、三陣、五陣を張り配置する。祐長殿、頼む」と言うと、了解と工藤祐長が手を挙げる。

信廣が言った。

「皆、聞いてくれ。兵の数は我が方が圧倒的に少ない。今度はコシャマインも、簡単には退かぬだろう。コシャマインとて、最後の一戦と腹を決めているはずだ。

一戦ずつ強くなってきているコシャマインと真面《まとも》にぶつかると、必ず我が軍は押され、そして退きだす。連戦の疲れが極限に達している兵を止めることは難しい」

そこで言葉を切った信廣は、目を閉じ、しばし間を置くと、大きく息を吐き、再び言った。

「この戦、長引けば長引くほど、我が方が不利となる。さりとて和睦の道も、今までにも模索はしたが機会なし、ましてこの期に及んでの和睦など、とうてい無理なことである。

死にもの狂いで、二倍の勢力で寄せるアイヌ軍とぶつかると、我が軍は壊滅的状態に陥る。おそらく残る兵は一〇〇〇もないだろう。さりとてどこからも応援のない我等だが、アイヌ軍のほうはすぐ後ろに、兵は幾らでもいるのだ。

この一戦を勝って最後とするには、何としてもコシャマインが命、貰い受ける以外に道はない」

皆の顔を見ると信廣は、声を絞り出すように言った。

「何としてもコシャマイン酋長が首、必要である。これ以外に我等に生きる術、なし」

信廣は己にも言い聞かすように言うと、

「我が軍がもし崩れたら機を見て、わしがコシャマインを誘い出す。コシャマイン酋長も、武田信廣と見てとったら必ず追うはず。そこで兵を潜ませたところまで誘い出し討つのだ。知信、夜陰に紛れ、遊撃隊と佐藤季則の四陣でここに潜め」

信廣は絵図面を指で差した。

「何としてそこにもコシャマインを誘い出す」


静かな夜だ、とても戦の最中とは思えない。

静寂のみが闇を支配している。その静寂の中に身を置き、海風に吹かれていると、信廣は若狭の国を思い出す。

国を捨て、この地の果て蝦夷地まで流浪のすえ、現在は妻と子もいる、自分を信じる義父季繁と家臣、そして民がいる。

この戦、絶対負けることはできぬ。

七重浜の戦い

長禄元年（一四五七年）六月二十日。運命の日が明けようとしている。空、海、山、川、目に入る全ての情景が、薄淡い青紫である。

その中、信廣は手を伸ばしていた。何かを求めているのか、誰かを呼んでいるようでもある。夢か幻なのか、はたまた冥府を彷徨うているのか。

「お屋形様」

藤倉信忠の声で現実に引き戻される。

「信忠か、いかが致した」

「小平知信様の遊撃隊と五陣の佐藤季則様が、所定の位置につきました」

「分かった。ご苦労。刻限は」

「寅の刻（午前四時）を過ぎました」

「繋綱らは」

「は、一陣二陣は左備え、三陣と四陣は右備えに移動中です。間もなく終わるはずです」

背に山があり、川が流れ、前に海がある。

このような地形は風が強い。しかし今朝は風がない。朝靄は動かず、何も見えず、ただ人馬の動く音がするだけだ。

夜明けと共に、少し風が吹く。朝靄が少しずつ消え、大きな柳があちこちに姿を現す。人馬が動く様が、途切れ途切れに白い霧の中に走馬灯のように浮かんでは消える。

風が吹き始め、靄が流れだすと、朝日が突然に雲間と靄の隙間を射す。一気に視界が広がる山側の左方向に一陣、二陣が、海側右方に三陣、四陣が柳の木々の間より川の対岸を見つめている。

「いよいよだな」

この日を待っていたような、恐れていたような……。

しかし、そんな感傷にひたっている間もなく、信廣のもとには次々と、アイヌ軍の進行状況が入ってくる。

「そろそろだな。ようーし、行くぞ。二陣」

合図の赤い旗が振られ、二陣の今井吉兼三〇〇が新緑の柳の間を出て、水飛沫を上げ、川を渡る。

川に紅を流したように見える。「綺麗だのう」と、信廣は思わずつぶやいた。

一陣の佐々木繁綱も後に続く。

右備え三陣の工藤祐長の三〇〇と五陣鬼庭袋義宗の三〇〇が川を歓声と共に渡る。

「アイヌ軍が半里ほどまでとなりました」

「左備え佐々木様・今井様・右備え工藤様・鬼庭袋様が配置終了しました」

と伝令が矢継ぎ早に来る。

「行くぞ」

信廣が叫ぶと同時に、本陣はそのまま渡河した。

川を背にしてアイヌ軍を見て、

「真に背水の陣とはこのことか」

信廣は、誰に言うこともなく呟いた。

「アイヌ軍、先陣三隊三〇〇〇が一列に並び前進中。その後、コシャマイン酋長の本隊五〇〇〇が続いています」

アイヌ軍の姿がだんだん大きくなり、やがて双方ともに停止する。

双方互いに出方を見ている。今回はさすがにコシャマインの息子も焦って出ない。蠣崎軍も信廣の命令を待つ。

対峙している蠣崎軍は、遊撃隊と五陣を奇襲作戦に温存しているため、一五〇〇である。

一方、アイヌ軍は四五〇〇。蠣崎軍の兵の数が少ないのは一目瞭然である。

木を叩く音と笛を吹くような高い音が鳴ると、アイヌ軍の二〇〇〇ほどが衝き出た。

おそらく、タナケシの部隊だろう、そのアイヌ軍めがけ、いっせいに蠣崎軍の弓矢が放たれる。アイヌ兵がバタバタと倒れる、一瞬、アイヌ兵の動きが止まるが、再びその屍の上をアイヌ軍は前進する。

再び蠣崎軍から「放て」と声が響き、五〇〇以上の矢がアイヌ軍を襲う。だが、アイヌ軍は前進を止めない。

「進め」の合図とともに、蠣崎軍の二陣がアイヌ軍に襲いかかる。赤の華麗な具足が新緑の中進む。一陣がその後を追うと、アイヌ軍は耐えきれずに、くの字に折れた。蠣崎軍の長槍が邪魔で進めないのだ。

すかさず、三陣と四陣が襲いかかる。前にいた二〇〇〇のアイヌ軍は、六〇〇の蠣崎軍に押されだした。それを見て、後続のアイヌ軍一〇〇〇が出て来る。

形勢は逆転し、アイヌ軍三〇〇〇に、蠣崎軍六〇〇が包囲されそうになっている。

「まずい、出るぞ」

信廣は叫ぶと同時に、アイヌ軍めがけ「進め、遅れるな」と走りだした。本陣が、アイヌ軍に錐のように突き刺さる。アイヌ軍は二つに割れ、後退を始めた。

しかし、再び新たなアイヌ軍一〇〇〇が襲いかかる。波状攻撃である。

四〇〇〇のアイヌ軍に、再び一二〇〇の蠣崎軍は押されだす。

蠣崎軍は疲れも極限に達し、大きく退きだす。

コシャマインはそれを見てとると、蠣崎軍本陣目がけ「進め、進め」と怒鳴り、蠣崎軍の兵を蹴散らすように突き進んだ。

コシャマインが本陣に向かって来るのを見た、本陣の信廣は、

「来たな！　コシャマイン、退け、退け」

と叫び、後退する。

一斉に二〇〇程の兵が信廣を囲むように走る。

「遅れるな、退くぞ」

と手を大きく挙げると、右手の森を指す。

森に逃げ込もうしている信廣の本陣を見たコシャマインは、

「敵の大将、武田信廣だ」

と怒鳴ると、

「追え！　追え！」

と信廣の本陣を追撃する。

信廣は止まっては攻撃し、攻撃しては走るを繰り返す。まるで殿《しんがり》の役目をしているようだ。

突然、アイヌ兵が倒れる。蠣崎軍の矢がアイヌ兵を射抜いたのだ。

コシャマインは立ち止まる。

「かかれー」

小平知信のかけ声とともに、待ち伏せていた、蠣崎軍最強の遊撃隊二〇〇が、五〇〇に満たないコシャマイン本隊めがけ襲いかかった。

今まで逃げていた信廣も馬を返し、「今だ、かかれ」と怒鳴る。

コシャマインは、初めて罠にはまったことに気づくが、すでに遅すぎた。

満を持して待ち構えていた佐藤季則の四陣三〇〇が、疲れ果てているアイヌ軍に襲いかかる。瞬く間にアイヌ兵は倒れていく。

行き場をなくし、逃げ惑うアイヌ兵。コシャマインが、「落ち着け、シャモの数は少ない。まとまれ」と怒鳴るが、アイヌ兵の動揺は治まらない。

コシャマインは、退くアイヌ兵を止めようと大きく両手を広げた。

「藤倉、弓をよこせ」と信廣が怒鳴る。

五人張と言われた剛の信廣が弓を受け取ると、一気に弓を引き絞り、静止する。

藤倉信忠が矢の指す方向を見て、思わずつぶやいた。

「コシャマイン」

次の瞬間、矢は唸りを上げ、空を奔った。

コシャマインが危ないと、「アチャー（親父）」とコシャマインの息子は叫び走る。

矢はコシャマインの肩に突き刺さる。

仰向けに倒れるコシャマインに、兵と息子が駆け寄り助け起こす。

信廣はコシャマインを睨むと、「藤倉、矢だ」と怒鳴る。

「南無三」と呟くと、二本目の矢が軋む。

「危ない」とコシャマインが叫んだように信廣は思った。コシャマインは息子を庇い、両手を広げ仁王立ちになった、そのコシャマインの胸に、空気を切り裂き、唸りを発した矢が吸い込まれるように突き刺さった。

コシャマインは胸に突き刺さった矢を掴むと、大きな目を剥き、信廣を見ると、ニヤリと笑い、口唇が動いた。

「武田信廣よ、これからの蝦夷地、頼むぞ」

そう言ったような気がした。

コシャマインとは距離があり、顔の表情など見てとれぬ。まして呟きなど聞こえる由もないが、信廣は、確かにコシャマインの哀しそうな笑いの中に、確かに聞いた。

そしてコシャマインはガクッと膝を折ると、前にゆっくりと倒れた。

息子は叫び声を上げ、タシロ（山刀）を振り上げ、蠣崎軍目がけ奔り出すが、蠣崎軍の弓矢が一斉に放たれ突き刺さり、タシロを振り上げたまま倒れた。

父への愛も、父からの愛も知らぬ信廣は、子のために、父のために、命を捨てたコシャマイン親子を、瞬きもしないで見つめていた。

「お館様」と藤倉の呼ぶ声で信廣は我にかえる。

アイヌ兵はコシャマインに縋り付き泣いている者、茫然と立ち尽くす者と様々で、戦う意欲は既に消えたようであった。

あちこちでコシャマイン酋長の死を知らせるアイヌ兵の叫び声がした。

「この戦、終わったな」

武田信廣は呟いた。長禄元年（一四五七年）六月二十日のことである。

アイヌ民族にとっては、本当の苦難の始まりの日でもあったのかも知れない。

「行くぞ、アイヌ兵には手を出すな」

信廣は叫んだ。

「撤収、撤収」と藤倉信忠らが叫ぶ、
アイヌ軍は兵をまとめ、随時撤退する。

蠣崎軍が勝ち鬨を上げる。信廣の姿に、歓声がより一層大きくなり、木霊した。

「茂別館に戻るぞ」

信廣の声に、再び歓声が上がる。

今井吉兼が言う。

「これから祐長と、箱館と志苔館に行きます」

「アイヌ軍の反撃はないと思うが、くれぐれも油断するな」

二陣の今井吉兼と三陣の工藤祐長が箱館・志苔館に向かうのを見送り、茂別館に着くと、再び勝ち鬨と歓声が上がる。


長禄元年（一四五七年）。この年は、まさに奇跡というしかない勝利の年であった。

一〇〇〇人ほどの兵で上之国の四十九里沢でアイヌ軍と戦い、天の川、花沢館、そして大館の奪還、覃部館、穏内館、脇本館、中野館、亀川、久根別川、七重浜とよく来たものだ。

知信が報告した。

「お館様、今、吉兼殿より知らせが入り、アイヌ軍は箱館及び、志苔館から全て退去したそうです」

「そうか、これで心おきなく花沢館に帰れるな」

花沢館まで下之国、松前の村落、全ての民が、道で歓声を上げて蠣崎軍の凱旋を喜んだ。

上之国に入ったのは七月中旬になっていた。花沢館は蠣崎軍の凱旋に沸き立っている。

凱旋太鼓「戻り山車、太鼓」が打ち鳴らされ、道の真ん中に、幅四寸高さ三寸ほどの三角形に盛られた盛り砂があった。村外れから八幡宮まで続き、そして、花沢館まで盛られている。

蠣崎軍は道の土と砂を踏みしめ、上国寺そして花沢館まで、沿道の人々の歓声に応える。見慣れた顔もあちこちにある。

ようやく帰って来たかと信廣は初めて、戦の終わりの実感が湧いてくる。

ゆっくり、花沢館に入る道を登る。蠣崎季繁、そして季子は光廣を抱き、立っていた。

「義父上、ただ今戻りました」

信廣が挨拶すると季繁は「ご苦労であった」と答えた。

広間に皆集まり、戦で散った将兵の冥福を祈る。そして戦勝の宴を開き、互いの無事と戦自慢に花が咲く。

「信廣殿が縄張りした洲崎館を出陣中、勝手ながら、外構の堀と土手、一部建物の基礎を組み申した。後は信廣殿、頼みましたよ」

蠣崎季繁の言葉に、信廣は「お心遣いありがとうございます」と答えた。飲めぬ信廣でも、今夜の酒は美味い。しかし「もう戦はたくさんだ」と、酔いゆく頭の中で、信廣は叫んでいた。

小山隆政の反乱と蠣崎季繁の死

長禄元年（一四五七年）。

洲崎館はまだ完成していなかったが、信廣は雪の降る前に移ることとした。津軽から信廣と共に来た者達も、洲崎館周辺と大崎、原歌、大間、汐吹の各湊に落ち着き、何とか正月を迎えた。

年が明けると、信廣は洲崎館の内部の造作を急いだ。三月には、天の川に橋をかけるため、木材の伐り出しをする。四月には、木ノ子、大崎、大間の各湊、花沢館まで道の拡幅、それと天の川橋の構築、それに伴う、洲崎館と花沢館間の往来を容易にするため道の新設、渡し場も整備をする。これで民、及び兵の移動を容易に、かつ、すばやく動かすことができる。

このほかに各湊の整備、砦と館の防御態勢の強化などなど、金と人と刻が、いくらあっても足りない。

幸い、アイヌ軍もこれという動きは見せない。鰊、鮭、昆布等の魚介類も豊漁で、忙しい中であるが、皆それなりに充実感を味わっていた。正月には花沢館と洲崎館で、百姓も漁師も商人もそして武士も一緒に三日三晩、食い、飲み、そして歌い踊った。

しかし、食い物、飲み物の蓄えが花沢館、洲崎館ともにない状態である。

「今、アイヌ軍に攻められると、三日と持たぬでしょう」

佐々木繁綱と小平知信が笑うのを見て皆も「そうだ、そうだ」と笑う。

そんな皆の姿を眺め、信廣は、こんな正月が毎年来ることを願わずにはいられなかった。

長禄三年（一四五九年）冬は、雪も少なく、水無月（六月）になると、穏やかな日々が続いていた。

信廣は我が子光廣を馬に乗せ、海辺の砂浜をゆっくりと歩いている。凪いだ海の波が静かに寄せては返す。左手に天の川の河口、遠く左上に木々の中に花沢館が見える、その右手方向に大間の岬がある。

この頃になると光廣が、信廣の顔を見ると「お馬、お馬」とせがむので、天気のよい日は、馬に乗せ、天の川や海辺を散歩した。信廣・光廣父子の少し後を、藤倉信忠と二人の供の者がついて来る。

彼方より五、六騎が土埃を上げ、駆けて来た。藤倉とあとの二人が、信廣の傍を固めるように身構えた。

見る間に、騎馬は大きくなる。佐々木繁綱、小平知信、工藤祐長と配下達だ。

「いかがした」

信廣は、佐々木繁綱を見る。

佐々木が馬から下り、「少し問題が」と答える。

信廣も馬から下りた。光廣を抱き、砂浜に腰を下ろすと、皆も腰を下ろす。

繁綱が口を開ける。

「実は小山隆政殿がお館様を亡き者に、と画策しているようです」

「そうか」

信廣は思案顔で答えた。

小山隆政は、義父蠣崎季繁の片腕ともいえる人物であり、蠣崎党で絶大な勢力を持っている。生い立ちは、信廣と似ている。下野の国、小山氏の出目で、安東氏を頼り奥州の地に来て蝦夷に渡った。その後、蠣崎季繁が蝦夷に渡り、花沢館の築館に当たって、土地勘のある小山隆政に縄張りの手助けを頼んだのである。その後は蠣崎氏の重臣となっていた。

しかし、信廣の出現でその立場が大きく変わったのである。信廣が蠣崎季繁の養女と婚姻し、季繁から信廣への代替わりに伴い、重き役職には信廣の家臣が就いている。したがって、小山隆政の出番がないのだ。

隆政は嫡男がいない蠣崎氏の元に、自分の子でも養子に入れることを画策していたのかも知れない。しかし、今回の戦でも采配は信廣がとり、信廣の家臣が重要な部分を占め、奇跡的な勝利で倭人を救うことになり、蝦夷地の誰もが今、信廣を頼りとしている。

蠣崎季繁が死亡でもすると、小山隆政も隠居せよと言われるか、閑職に追いやられる、そんな不安を抱いたのかも知れない。

波間を飛ぶ沖の鷗の浮き沈みを見ていた信廣は、人の世の浮き沈みを重ね合わせ、肩で大きなため息をついた。

「いずれにせよ、詳しく調べろ」と言い、また、光廣をあやす。

小山にも悪いことをした、と思ってはいる。どうしても使いやすい自分の家臣に諸事を頼むことになった。そのため小山は、等閑《なおざり》になる。また、季繁の重臣という遠慮もあったのも事実である。

「配慮に欠けたな。惜しい家臣を失うことになるかも知れんな」

信廣は呻くように言った。

雨か風か何か気配で、目覚めた。

「頭か」と、声をかける。

「はい」若狭竜蔵が障子を開けて部屋に入ると、灯りを灯した。

起き上がり、「いかがした」と問う。

「佐々木様に言われ、小山様の動静を探っていたところ、昨日より急に小山党の動きが、忙しくなり、夜更けより泊に小山一族が集まりました」

泊館（現桧山郡江差町泊町）は花沢館より北方に四里程の出城であり、小山党が守りに入っている。

「分かった。皆に知らせ、騒がず内々に運べとな」

竜蔵が静かに部屋を出て行く。

信廣は佐々木繁綱から、小山隆政の反逆は間違いないと報告を受けていた。しかし、それがいつになるかは不明であり、目下、竜蔵が探っているとのことであった。

病の床に伏せっている義父が亡くなってからと思っていたが、意外と早いな、と信廣は思った。

皆が集まり、信廣は「そろったか」と言うと、話しだした。

「皆も知っての通り、小山隆政がこの信廣の命が欲しいそうだが、今やることはできぬ。よって隆政が命、もらい受ける。小山一族は二十五人ほどと、泊砦にいる兵のうち二十から三十、合わせて五十ほどであろう。

問題は下之国守護安東家政と、松前守護安東定季の動向である。若狭竜蔵の報告では小山隆政から頻繁に両守護に使いが出て、小山隆政は後押しの確約をもらっているとのことである。しかし簡単には奴らは、動くことはないと考える。蠣崎軍の強さは、先の戦で十分過ぎるほど、知っているはずだ、容易に小山殿の思惑通りにはならぬはず。

それと若狭の頭に、各館に書状を持たした。書状の中は、このたび小山隆政の謀反が判明し、これを討つ。よって他に不審の動きあらば、小山殿に同調したもの、と考える由で、各館主達に知らせた。これで奴らは、動かぬはずだ。

これより泊砦に向かい、小山隆政を討つ。万が一ということもある。繁綱は三〇〇で洲崎館を、吉兼も三〇〇で花沢館を守れ、知信、五〇〇で小山隆政一族を押さえろ。比石館に使いを出し、本日領内の出入りを差し止めといたせ」

比石館は先のアイヌとの戦以降、兵は置かれず、関所的役割を果たしている。

信廣は続ける。

「小山党のうち、抵抗する者は討て。しかし女子供には手を出すな。それだけは兵には絶対に守らせろ。もし犯す者あらば厳罰に処する、と伝えよ。では頼むぞ」

佐々木繁綱は「街道、間道、全て封鎖しろ、蟻の子一匹通すな。割り振りは広間にて行う」と兵に告げると、信廣に向き直り「ではかかります」と、一同を率いて部屋を出た。

明け六つ（午前六時）に行動を開始し、暮六つ（午後六時）前に信廣のもとに知らせが入る。

「小平様から、小山党の件、全て片づきました、帰りしだい、ご報告します、とのご伝言です」

「ご苦労」

信廣は答えながら、早かったなと思う。

次の朝早く、知信が小山隆政と息子を信廣の前に連れて来た。

信廣は二人を見つめて言う。

「小山殿、言うことあらば申せ」

「何もない。ただ、このたびはお騒がせした、と。また今までの厚情誠にありがたく思います、と蠣崎の殿に伝えて欲しい」

「義父上は、小山殿の顔を見るは、正直つらい、魔が差したという他はないが、誠に残念なことだ、と話しておりました。そして小山殿に長い間、苦労をかけたと伝えて欲しいとのことです」

信廣の言葉に、小山隆政は、流れ出る涙を拭こうともせずに、「ありがたいことです」と言うだけであった。

「それと信廣殿、できることならば腹を切らせてくれ」

裏切り者でなく、武士としての死を望むということなのだろう。

「よかろう」

短く信廣は答えた。

小山親子が連れ去られると、知信は「親類縁者の男共を捕縛し、牢に入れております。女子供達はお構いなし、といたしました」と報告した。

「知信、今回の策謀は小山親子単独の仕業とし、捕えた者共にわしへの忠誠を誓わせ、解放せよ」

下之国守護安東家政と、松前守護安東定季の動きも見えない。若狭竜蔵からも、動く気配がないとの知らせである。

つまり、上之国の守護武田信廣に、両守護が協力しても刃向うことはできないと、世間に言ったも同じである。奇しくも、小山隆政の謀反を機に、蝦夷地の勢力図が、完全に武田信廣が握るものとなった証でもあった。

平穏な日々が戻り、今年も無事終わろうと思った初冬に、義父蠣崎季繁が倒れ、病の床につくこととなった。

信廣にとっては実の父以上の存在であった。この蝦夷地において、蠣崎季繁の名は重く、信廣が短期間にここまで来たのも、季繁の後ろ盾があったからだ。

蠣崎季繁の存在がなければ、先年の小山隆政の策謀の際も、下之国守護安東家政と松前守護安東定季がどう出たか分からない。

それほど、季繁の名は重かったのである。

寛正三年（一四六二年）の正月は、蠣崎季繁が伏せているので、内々で執り行うこととし、酒、餅、米などは各村落に配った。

いつもの年より雪も風の吹く日も多かった。上之国は比較的温暖で雪も少ないが、やませの風が強く、降雨量も多い方である。

春になっても季繁の病は回復せず、妻の季子も花沢館に寝泊まりし、看病しているが、快方には向かっていない。

信廣が、季繁が伏せっている部屋の前で声をかけると、中から「はい」と季子の声がする。

部屋に入り季繁の枕元に座った。

季繁は静かな寝息をたてている。顔の色は白くなったが、病人の貌ではない。

「どうだ」季子に聞く。

「ここ二、三日、食が細くなり寝ておられる時が多くなりました」

「そうか」と答えて、信廣は季繁の顔を覗き込んだ。

季繁が死ねば、自分と安東家との縁が薄くなるだろうと信廣は考える。妻季子の実家であり、子の光廣は血縁であるが、安東家の家臣とは昔より、蠣崎季繁が親交を重ね、季繁自体が重臣の一人のようであった。

「信廣殿、来てくれたのか、光廣はどうした」

孫の光廣が可愛くてしようがないのだ。

「今日は釣りに出かけました」

「そうか」

季繁は残念そうな顔をする。

光廣は六歳になり、雪解けを待ちかねたように、海、山、川と出かける。佐々木繁綱、工藤祐長、小平知信、今井吉兼、鬼庭袋義宗。これら大の大人が、今日は何、明日は何と、学問、乗馬、武術、狩りと予定を作成しているが、なかなか光廣が思うように動いてくれない。そこで皆で役回りを決めようということになり、役を決めたのだが、怒り役の佐々木繁綱は、いつも拙者が悪者で損な役回りだと嘆く。工藤祐長がそれを聞き「顔で決め申した」と言うと、なお佐々木繁綱が怒る。それを見て、皆で笑い、佐々木繁綱の愚痴で終わりとなるのだ。

「信廣殿、世話になり申した。信廣殿のお蔭で、長生きをさせてもらいました。本当にありがたいことです」

季繁が言うと、季子が何かを察知したのか静かに部屋を出て行く。

それを見て季繁は「わしが身罷ったら、安東に、遠慮することはない」と、苦しそうに息を吐いた。

「この蝦夷地を信廣殿の思うように、光廣とその孫、子まで代々、安心して暮らせる地にしてくだされ、頼みますぞ」

「期待に添えるよう、励みます」

それから数日後、蠣崎季繁は静かに息を引き取った。

信廣はこの年、洲崎館に砂館神社と毘沙門堂を創設する。

勝山館築城と武田信廣の死

応仁二年（一四六八年）。

家臣も増え、また、民も安全なところということで上之国を選び、移住して来ている。渡海する人々も、交易船が寄港するにも、上之国が多くなると、必然的に人口も増加する。

蠣崎季繁が逝ってから、すでに六年の歳月が経っていた。

信廣が珍しく皆を召集した。集まってみると皆、若狭からついて来た者達ばかりである。

佐々木繁綱が「誰か、今日の参集はどのような件か、分かる者は」と聞くが、皆、首を振るばかりである。

頃合いを見ていたのか、信廣が静かに渡り廊下を歩いて来て皆の前にドカッと座る。

「お屋形様、済みました」

竜蔵の声がする。

「頭、入ってくれ」という信廣の声に、若狭竜蔵が静かに部屋に入って来た。

信廣は静かに話しだす。

りを置いた。
「ここにいるのは若狭からの者だけだ。少し内密の話をしたくてな、頭に頼み、外に見張

義父上の七回忌も無事に済み、わしも間もなく四十歳となる。近年、この上之国は交易も盛んになり、海産物、毛皮、そして金の採取も噂に上り、出羽、陸奥の者が虎視眈々と狙っている様子だ。アイヌはもとより南部も、いつ誰が攻めて来るか分からない」

信廣は少し間を置き、再び話しだす。

「わしも生身の体だ、いつどうなるか分からぬでな、わしの思いを皆に話しておこうと考えたのだ。皆と若狭の国を出て、この地の果ての蝦夷地まで来て、十五年もの歳月が過ぎたが、まだ、蝦夷地の上之国守護職だ。それでわしの生きているうちにせめて、蝦夷地支配の下地を作っておきたい。

安東の殿が生きておられる間は、動くわけにはいかぬ。安東政季という男に惚れてこの蝦夷地に来たのだからな。また、季子の父でもある。しかし安東の殿は我々をこの厳寒の蝦夷地に残し、去った。安東の財政の三割以上はこの蝦夷地の金だ。この蝦夷地は、独立採算だから、安東はいっさい金がかからぬ、寺院・神社の建立だ、城その他の普請するためだとか、金の無心ばかりだ。そのために皆にいい思いも、まともな屋敷の一つもやれないでいる。

今はいいが安東の殿が逝き、嫡子の忠季殿の代になると、なお問題だ。金の無心は、まだまだ多くなろう。と言うのも安東の殿は、ご舎弟の下国家政殿、松前の安東定季殿とわ

しにも、多少の遠慮はあろう。しかし忠季殿に代が替わると、それらの遠慮はなくなる。蝦夷地は金蔵だと、忠季殿は思われることだろう。安東の殿がご存命中に、できるだけ我が蠣崎の基盤を固めておきたい思う」

信廣は一人一人の顔を見回した。

「皆はどう思う」

「基盤造りの第一には、堅牢な城ですか」

佐々木繁綱が信廣の顔を見つめ言う。

「そうだ、それもただの城ではない。皆、これだけは肝に銘じて欲しい。アイヌという北の民は、純朴で心が優しい、我々が、正直に、この北辺の地で彼らと共に生きる心を持ち続ける限り、奴らは我々を裏切ることはないだろう。この蝦夷地で、北の民と共に生きていく。城を築くのだ」

戦いの一部始終を思い出すかのように、信廣は目を細めた。

「先の戦で余りに多くのアイヌが犠牲になり、我らもまた、多くの兵と民を亡くした。今にして思えば、コシャマインは我々から和睦を待っていたのかも知れない。そう思うと、茂別館へ攻め込まなかったことも、納得できる」

信廣のため息が肩を大きく揺らして漏れた。

「城ばかりではない、下之国、松前国を併合しこの蝦夷地を外敵から守るには、金がいくらあっても、足りない。商人に借財し、蠣崎は貧窮しているように見せるのだ」

そう言って信廣が笑い、「いや、実際に貧乏か」と、また笑う。

「笑いごとではありません」と繁綱が怒ったように言い、皆も笑う。

「まず、先ほど繁綱が話した、上之国館の築城を急ぐことが先決だ」

皆がうなずく。

「この後、蠣崎を代々存続させるためには、北の民アイヌといかに共に生きるかだ。この蝦夷地には、アイヌが何十万と住んでいるのだ、対し、我らは一万か二万。いかにして、戦うと言うのだ。

下之国、松前の両守護職は、目先の利益に走り、アイヌと常に諍いを起こし、そのたびに泣きつかれ、わしは仲裁役である。我らが蝦夷地で生きるには、下之国、松前国を我が手中に治め、安東家と決別することである」

信廣はなお、続けた。

「下之国一五〇〇と松前一〇〇〇を合わせ、二五〇〇ほど、対し我が軍の兵数は約一〇〇〇。万が一、安東、南部等と戦うには、アイヌの助勢が欠かせない。蝦夷地には倭人が少ない。そして海だ。兵の増員は簡単ではない」

信廣は、いったん間をゆっくり取ると、再び話しだした。

「今から何年、何十年かかるか分からぬが、アイヌを味方にすることだ。日の本には幾多の勢力がある。いかにしてアイヌと共にこの蝦夷地を守るかだ」

そこで信廣は言葉を切った。

「共に生きるとは、そういうことか」

小平知信のつぶやきに、皆、うなずいた。どの顔も納得の表情である。

「いかにこの上之国及び、我々の子孫が蝦夷地で生きていくか、皆も考えてくれ。それにはまず、築城だ」

信廣は、自分に言い聞かせるように話した。

次の日より、新たな館の場所探しに佐々木繁綱、工藤祐長が奔走する。夷王山の麓のどこにどのように築くか、縄張りを考えているのである。

日本海に面した夷王山は、周囲に高い山はない。しかし、三六〇度近く視界が広がる。この山、夷王山（この頃は医王山と思われる）に立つと、海上よりの敵は全て見える。また、陸路松前方面は遠く比石館まで、クマイシ方面からの敵も勝山館まで、全ての陸路が見え、万全の備えができる。

構築内容、規模的にも、この時期より「館」ではなく「城」と呼んでもいいだろう。

信廣の前に図面が広げられ、佐々木繁綱が説明をする。

「夷王山の東側が最適と思われます。斜面も緩やかで、二つの沢に挟まれ、堀などの防御施設も構築が容易であろうと考えます」

「分かった。早急に現地に行く」信廣が答える。

佐々木繁綱は、なお、と続ける。

「大間の湊、天の川の河口と、どちらにも近く利便性もよいです」

海路としては交易船の停泊する自然の大きな湾があり、船着き場も大間の湊という自然の築港と、天の川の河口より乗り入れができる。

信廣は佐々木繁綱等に案内され、現地に足を運んだ。

南北に上から下へほどよい斜度であり、背面は山と広大な八幡野、その奥は深い山また山である。

前面は海であり、東は天の川に守られ、西は比石より四十九里浜までは、なだらかな海岸線、大崎の湊で岩場となり、大間の湊までの一里は断崖絶壁となる。

館までは八幡野方面を迂回し、沢を何本も越えることとなる。コシャマインが蜂起し、タナケシが攻め込み、大敗を期したその四十九里沢もその一つである。西の寺ノ沢、東の宮の沢に挟まれ、その沢が堀となる。一重二重と自然の要害に守られている。

「繁綱、さすがだ。これほどの地、そうなかろうて」と信廣は笑う。

「目と鼻の先にいて、不覚よの」信廣はつぶやくと、

「繁綱、皆と図り至急、縄張りを頼む」


佐々木繁綱、小平知信、工藤祐長、今井吉兼、若狭竜蔵が会し、図面を見て思案顔である。信廣の嫡男の光廣が、皆が何をしておるのか、興味津々で覗き込むと、小平知信が、

「若もここにお座りください」と光廣を座らせた。

「いずれ若の城となるので、皆で立派な城を作ろうと相談中です」

光廣も十一歳、剣術はもとより、馬、弓も、十分に大人と戦える力をつけている。

信廣から始まるこの一族、光廣、義廣、季廣、慶廣と代々続く武田（武田・蠣崎・松前）一族は優れた人物を輩出する。

これは英才教育の賜物であろう。信廣は自分に非常に優れた教育係がつき、それが後世、彼の人生にとっていかに役立ったかを十分過ぎるほど、分かっていた。そのため信廣は、子の光廣にも優秀な家臣をつけることとなった。家臣もその子らも共に成長する。

光廣もまた、子の義廣に優れた家臣をつけることを怠らなかった。こうして代々継承されることとなる。古今東西、まして戦国時代にこれほどの家系を見たことがない。

「知信のじい、お城はどこに作るのじゃ」

「はい、お寺とお宮の上です」

光廣は「そうか」と言うと、皆と同じように胡坐をかき、腕組みをする。

それを見て、皆は、お館様の若い頃とよく似ている、と微笑む。

佐々木繁綱が説明する。

「大きく上部と下部に分け、整地をする。表門はここ、空堀をここらにする、搦手門はここにしたい」

さらに、表門までに物見櫓を三ヵ所作りたいと思うとも言った。

「空堀はどの程度に」

工藤祐長が聞く。

「深さ、五間（約九メートル）は必要だな、幅は十五、六間（約二十九メートル）かな」

小平知信がつぶやく。

「道幅は二間（約三・六メートル）必要だろう」と光廣が言ったので、皆、光廣を見て微笑む。

光廣は図面を見たまま、素知らぬ顔でいる。

上之国館の概要が決定するまで、三ヵ月以上を要した。

佐々木繁綱が皆の前の図を指差しながら、

「皆のお蔭で、ようやくにして上之国館の縄張りができた」

「まず表門はここだが、その前に空堀だ。深さ五間、幅十五間（約二十七メートル）である。幅二間の橋をかける。堀の上部に九尺（約二・七メートル）ほどの柵を設置する。堀の下から六間半（約十二メートル）である」

聞いている皆から「オー」と、どよめきが湧き上がる。繁綱が話を続けた。

「表門から十五間ほどで、櫓門を潜り、東西へ五十五間、南北に四十間（約七十二メートル）の二二〇〇坪（約七三〇〇平方メートル）ほどを、高さ三尺（約九十センチ）程度で四段ほどに切削して整地する。

商人の店、鍛冶等の作業場住まい、兵の長屋を建てる。そしてその上部側、南を二重堀にし、橋をかける。渡ったその上部の広さは南から北に約一〇〇間（約一八〇メートル）、横幅、東西に約七十二間（約一三〇メートル）だ。そこは七二〇〇坪（約二万六〇〇〇平方メートル）に本殿、我々の屋敷である。籠城の際は要となる場である。

南側下方の守りは堅い。東西の寺の沢、宮の沢は自然の要害だ。なおかつ、弱い所は土塁と柵を張り廻らす。堀切などで完全に遮断する。問題は最上部だが、搦手口として堀、柵、土塁を構築する。井戸はできるだけ、多く掘るつもりである。

宮の沢、東側を整地し民の町にし、海岸線の既存の町へと出るようにする。なお、細部に亘り検討し、皆の意見はともかく、町造りは、民の声をできるだけ反映すること。また、アイヌ達にも声をかけ、協力を得よと、お屋形様からの指示です」

佐々木繁綱は語り終え、肩から大きく息を吐くと「お屋形様を頼む」と言う。

信廣が静かに入ってくる。

あれほどの荒武者が、思慮深い、静かなる、これほどに優れた武者になるとは、さすがに佐々木繁綱も考えていなかった。

信廣は、

「ご苦労。繁綱に概要は聞いたと思うが、でき得ることをし、光廣に繋ぐ。皆の者も代々子孫に繋いでほしい。来春雪解けを待ち、築城に取りかかるぞ。

城はまず基になる。皆の者、心して年を重ね、共に頼むぞ。皆でこの蝦夷地を我が手に掴むまで励もうぞ」

皆が「ははー」と、喜びと期待に満ちた顔で答えた。

文明元年（一四六九）春、仮称上之国館を勝山館と命名し、築城にかかる。

まず伐採、そして掘削、盛土、整地と進み、堀、そして橋をかける。

兵、民、そしてアイヌと総出であり、蝦夷地に流れ来る女、民、浪人全て雇う。

毎日、集まり会議が始まる。

今まで築城に携わったものは佐々木繁綱ぐらいであり、分からぬことばかりである。

工藤祐廉が、早速切り出した。

「厠の増設だ、あちこち糞だらけで困る」

「長屋を増やさんと寝るところもない始末だ。井戸も必要である。雨が降ると、沢水が濁り使えん。作事は休みだが、飯は食うでな」

笑いながら今井吉兼が言う。

「鍛冶屋も増やさんといかんし、もっと丸太も必要だ。玉石もそうだ。いくらあっても足りません」と、藤倉信忠も続ける。

「米、塩、味噌は昨年より用意していたが、来年度分の買いつけがなかなか、捗《はかど》らん」

小平知信が困ったような顔でつぶやく。

信廣が顔を見せ「進んでいる様子だな」と満足そうな顔である。

職務分担はだいたい決まってきた。

工事全般及び建物は、佐々木繁綱。

整地・堀・井戸は、工藤祐長。

木材・玉石砂利の調達は、新田繁秋。

労務調達・宿舎は今井吉兼。

資金・食糧の調達は、小平知信。

橋、柵築造は、佐藤季則。

「夏までにようやく下段部の整地と道が終わり、冬までに表門前の堀の掘削と上段部の整地を終わらせる予定でございます。伐採と切り出しは順調で、橋の部材と、建物用の製材も好調であります。冬になり、雪が降ると馬ぞりを使え、木材の運搬が容易になりました、木材も汚れないと思います。八幡野から夷王山横に集荷、現地まで雪上を滑り落とします。

雨が降ると整地箇所と道路がぬかるみ、晴れても作業になりません。それで道の両側に側溝を掘り、道には天の川と四十九里浜より砂利を運び敷きます。また、昨日より四十九里浜から砂利を運搬し、建物・庭・通路に区分けし、暗渠を作り、水はけをよくしています。道、整地箇所もこれで改善されるでしょう。

町造りの方も、現在、檜と松の伐採を行っていますので、今年中に整地を完了する予定です」

さすが佐々木繁綱である。澱むことなく、工程を信廣に報告した。

雪が全てを閉ざす冬が来るが、伐採のお蔭で燃料には事欠かない。

冬であっても漁も、たこ、たら、のり、ふのりと海産物も採れ、猟は山兎、蝦夷鹿、キツネと捕れる。毛皮は、ほとんど交易の品となるが、肉は貴重な蛋白源である。

越冬の食糧は塩鰊、荒巻鮭、乾物はあらゆる種類の魚、つぶ、貝、鮑、と豊富である。山菜も、ふき、蕨と、農作物も買い入れたものもあるが、米以外はだいたい収穫できるようになって来ている。

上之国と言っても、東京二十三区の二倍以上あり、海、川、山があり、気候が温暖で積雪量も少ない。海の幸、山の幸が豊富で、農作物も採れる。交易も盛んであり、同じ蝦夷地でも倭人の暮らしに非常に適している。

冬が訪れた。雪が降り積もり、材木の運搬、基礎部分を終えていた橋と建物の上部の作業を進める。土工事は無理で、井戸掘りのみである。毎日、柵の杭、橋の材料、建屋の木材を切り出しては運搬し、杭にし、板にし、柱にと製材する。春までは、切って、削るだけである。

文明二年（一四七〇年）も明け、雪解けの頃は、表門の空堀にかかる橋は施工が終わり、下郭と上郭を繋ぐ二重空堀の橋も、上郭の整地、井戸も冬が来るまでには終わった。

文明三年（一四七一年）には下郭の屋敷、長屋、工房、店、共同井戸も秋までに主なものは終わり、上郭の屋敷の基礎まで終わる。

文明四年（一四七二年）には堀、上部の柵、搦手門、柵の設置、沢の法面《のりめん》の補強と屋敷の建築が進み、文明五年（一四七三年）になると、客殿の建築にもかかる。庭、井戸、道なども整備が進む。

信廣は勝山館と上之国の館を守るために、現在、鎮守様のあるところに、蝦夷地と上之国の守りに、上之国八幡宮を建立する。完成まで三年を要した。

アイヌの動きも活発化、蜂起の恐れありと、若狭竜蔵からの報告が次々と入る。しかし、ここ上之国には、攻め込まない。築城にも多くのアイヌが関わっているうえ、交易も多く、近隣のアイヌのチャシより日常の食糧も買い入れていることが分かっているからだ。またアイヌも、現在の築城時も、完成後も、多くの作業に従事し、勝山館に住むことになっている。アイヌに気を使わずにすみ、安東の動向だけに注意すればよい。

今は勝山館の築城で財力、兵糧とも不足であり、戦をする体力がないのだ。足元を固め半年、一年戦う体力をつけるには、少なくとも、あと五年以上は必要である。

勝山館の完成は文明八年（一四七六年）まで七年間を要した。

明応三年（一四九四年）、世は戦国時代に突入し、まさに風雲急を告げていたのだが、ここ蝦夷地は平穏無事な日々が流れていた。

信廣は客殿の傍に海が見えるように小さな楼を作り、天気のよい日は海、山を眺めるのが好きである。

いつの日からか、鷗がこの山まで飛来して餌を探すようになった。人々が住むようになると、餌が豊富にあるからだろう。

信廣も齢六十を過ぎ、足腰が弱ってきた。

朝から櫓に座り、海を見ていると「やっぱりここでしたか」と、佐々木繁綱と小平知信が上がって来る。

横に座る二人に「今日も鰊が来ているのだな。鷗が多くいる」と信廣が言うと、知信が、

「天の川から大間までの浜辺は、お湯の沸き立つようです。浜辺が鰯で一杯です」

ホッケや鰊が鰯を追いかけ、行き場を失った鰯が砂浜や岩場といわず陸まで打ち上がる。その時、浅瀬が鰯の大群でまるで水が沸騰し、煮立っているように見えるのである。

佐々木繁綱が、

「あの鰯を見た時は驚いたな。大殿など馬で見に行きましたよね」

「初めて見た時は、本当に海が煮立ったかと思ったよ」

三人は笑った。

「工藤、鬼庭袋、今井はどうした」

信廣が聞くと、知信が「工藤殿は兵の鍛錬です」と答えた。

「鬼庭袋は、若のお相手です」

「そうか、孫の義廣も十四歳、わしでは相手にならんのでな」

「乗馬、剣術、弓も優れており、武芸百般です。さすがは大殿の孫です」

佐々木繁綱の言葉に、信廣は顔を崩す。

いつの間にか信廣が大殿で、光廣が殿と言われるようになっていた。実質的に、今は光

廣がほとんど政を行っているのだ。

「繁綱、知信よ、安東の殿が身罷られ、五年になる。わしもあと少しだろう」

在りし日の安東政季の姿を思い出すかのように信廣は目を閉じたまま、話し続ける。

「下之国、松前とだんだんと衰退の一途をたどっている。わしが死ぬとアイヌは動きだすだろう。アイヌが攻め込んでくると、今まで戦の備えを怠ってきた下之国、松前は残念ながら、なす術もないだろう。我が上之国とて同じことだ。コシャマインの時は、茂別館が頑張ったが、今度は我らだけ、かき集めても二〇〇〇人ほどの兵だ。一万人からのアイヌ軍に、到底勝ち目はない」

「アイヌは戦の備えは万全だとのことです」

佐々木繁綱が苦々しげに言う。

「下之国、松前ではアイヌに鮭と米の交換に、無理を言っているようです。それとショヤとコウシ兄弟という東部のアイヌに不穏な動きがある、と頭から言ってきました」

と、知信も言う。

「アイヌとはよき関係でなくてはいけない、とわしは長年言い続けてきたが、奴らはまだ分かっていない。コシャマインの時は、たまたま勝ったのであって、今度攻められたらまず、勝つことは無理だと、さんざん言ってきたのに。馬鹿な奴らだ」

信廣は吐き出すように言う。

「わしが死んだらなおさらに、アイヌに無理を言うは必定。アイヌもわしがいないとなると、我慢はしないはず、必ずや反乱を起こす」

「そうですな」佐々木繁綱がうなずく。

「上之国の村落に住むアイヌ達も、勝山館にいるアイヌも行き場がなくなるな。困ったことだ」信廣は首を振りながら言う。

「もしアイヌが戦をしかけると、下之国、松前と攻め落とし、最後がここだ。コシャマインの二の舞は踏むまい。されば兵の分散はまずない。アイヌ軍一万に蠣崎軍二〇〇〇弱か。いかに古来より、城攻めは寄せ手が三倍の兵が必要と言おうが、アイヌは五倍だ。勝山館が難攻といえども、アイヌ軍を防ぐ手だてはない。どう見ても勝ち目はないか……」

信廣は考え込んでいた二人の顔を見て、再び話しだした。

「アイヌが侵攻して来ても、講和に持ち込み、最後まで戦うな。全滅する恐れがある。そして、奴らもできることなら、この上之国は残したいはずだ」

信廣は櫓を降り、庭石に腰かけ、木々の間のキラキラと光る海を眺める。

穏やかな日差しが注ぎ、風が心地よく頬を撫でる。

今日は実によき日よりだ。

立ち上がり、空を見上げた瞬間、足元から崩れ落ちた。

真っ暗闇の向こう側から鮮やかな色彩が渦巻きとなり、自分に向かって進んで来る。

若狭の国に生きている己がいる。

この蝦夷地で生きている己がいる。

子や孫そして家臣に恵まれた己がいる。

静かに人生の大半を平穏に生きた己と、戦に明け暮れる己がいる。

現実か夢なのか分からぬが、虹のような色彩が渦を巻き、その切れ目にもがく己がいる。

「父上、父上」と呼ぶ声に、信廣は目を開ける。覗き込む光廣と季子の顔が見えた。

「大丈夫ですか？」と声を合わすように聞く。

己がどこにいるのか分からなかった。

「皆はいるか」と言いたいが、声が出ないのだ。口の動きで察した光廣が、「皆はいますよ」と言う。

「起こしてくれ」

光廣と季子が、信廣に手を貸す。

「佐々木繁綱、工藤祐長、今井吉兼、鬼庭袋義宗、若狭の竜蔵、そして小平知信、長い間世話になった」

信廣は皆の顔を確認するように一人一人を見て、

「わしの自慢はただ一つ、若狭からの皆を一人も死なせなかったことだ。

わしは何百という民と兵を死なせた。そして何千というアイヌも殺した。わしはお前達の分も背負って地獄に逝くが、残った者は代々言い伝えよ。この蝦夷地に住む者、アイヌを敬い、諍いを起こさず共に生きよと。さもなければ、あの世でわしはコシャマイン酋長に合わす顔がない。

見えぬはずの、あの髭面の奥に光る大きな目が、何か言いたげに夢の中に出てくるのだ。これでゆっくり寝ることができる」

言い終えると、信廣は静かに低い声で笑った。


「季子、苦労をかけたな」

信廣が言うと、信廣の手を取る季子の肩が震えている。嗚咽を抑えているのだろう。

「皆の者、光廣と義廣を頼む」

と言うと、信廣は心の臓が一瞬止まったと思った。

そのまま暗くなり、誰かが呼んでいた。

信廣は座ったまま息絶えた。

笹山にまだ雪が残る五月二十日、享年六十四歳であった。

長いのか短いのか誰にも分かることではないが、世に出るのが五十年早かった。

戦国時代に入るこの時代に生まれたら、間違いなくこの蝦夷地と言わず、日の本で名を残す武将となったことであろう。

蠣崎一族のその後、蠣崎光廣

永正二年（一四九六年）春。

夷王山に立つと、遥か彼方の大島、奥尻島が光る波間に見える。

正面に鴎島が浮かび、流麗な海岸線が弧を描き、その砂浜に白い波が寄せている。その波間の右手に洲崎館の屋根が見える。

左手は洲根子の岬より安在の浜から比石まで岩場である。

光廣は、暇ができると父の信廣が、光廣を馬に乗せ連れ歩き、「こんな美しいところは、この日の本のどこを探してもない」と、口癖のように話していたのを思い出す。

もしかすると遠い若狭の国を、母を思い出していたのかも知れない。

自分も四十歳を過ぎた。安東の殿が下之国、松前、上之国と蝦夷地の支配を三分割し、守護を置いたのが、今から四十年ほど前、そしてコシャマインの乱、それを鎮圧したのが光廣の父武田信廣であった。

それよりこの蝦夷地は四十年もの間、父である信廣が実質、治めてきた。

その父の夢であった、蝦夷地の統一支配であり、安東家よりの独立であった。

この限りなき大地に夢を馳せ、四十年前に渡海し、夢を果たせぬまま、二年前に逝った父の無念を思うとつらい。

父信廣の生存中、アイヌ民族とは諍いはあったが、大きな戦になることはなかった。まして上之国では不穏な動きはなかった。

だが、父の信廣が亡くなると、急にアイヌの動きが活発化する。光廣は自分の力不足を知るとともに、改めて父の偉大さを知らされる。

山々の緑が色濃くなり、山躑躅も花をつける穏やかな日、アイヌ軍、約四〇〇〇が茂別館を襲撃、と早馬が勝山館の表門を入る。

久し振りの早馬に何事かと皆、大広間に集まって来た。

居並ぶ家臣、と言っても年上は自分の師のみであり、後は共に育った兄弟のような者達である。

「大儀」

光廣は声をかける。

「アイヌが茂別館を襲ったそうですが、兵はいかがしますか」工藤祐廉が尋ねる。

「兵は出さぬ」

光廣は語気を強くし言い放つと、佐々木繁綱の顔を見て、「じい、それでいいのだな」と言う。

佐々木繁綱は笑っているだけである。

翌日には早くも茂別館が落ち、安東家政が現在、勝山館に向かっていると知らせが来る。

アイヌ軍が茂別館を襲うと、茂別館は抵抗らしき抵抗もせず、敢えなく陥落し、安東家政は光廣を頼り勝山館に来たのだ。

光廣は安東家政に泊館を提供、実質、家政は光廣の配下となる。そして、下之国は実質的に、上之国の蠣崎光廣が治めることになる。

しかし、アイヌ軍は松前に侵攻し、そして上之国に来るだろうか。アイヌ軍がその気になれば、松前、上之国もひとたまりもない。

自分は蝦夷地に生まれ、そして育った、ここ以外は知らぬ。ここ蝦夷地で生きる以外に道はない。父が果たせなかった蝦夷地完全支配の夢、この蠣崎光廣と子義廣でかなえる、と心に決める。

四十歳を過ぎた今、自分にも余り時がない。

光廣は佐々木繁綱の屋敷に行く。

「繁じい、いるか」と声をかけ、屋敷に勝手に上がる。使用人が驚き、慌てている。

「殿、ここです」

繁綱が声をかけ、手招きした。

「じい、生きていたか」

光廣が言うと、繁綱は大きな声で笑う。

「若、何かありましたかな」

「特にない、顔を見ようと寄っただけだ」

繁綱は光廣を殿と言いながら、未だに「若」と呼ぶこともある。子のいない繁綱にとっては、信廣は、子であり、弟であった。その子の光廣も自分の子であり、孫である。

信廣から養子を取れと言われても、わしの子は若だけで十分です、と言うだけだった。子供の頃、父に叱られると、光廣は繁綱のところに逃げた。すると父の信廣自身、「じい」と呼ぶことがある繁綱のところへまでは追って来ない。

そしてだいたい、迎えには「知じい」と呼ぶ小平知信が来て、光廣の代わりにいつも父に謝ってくれた。優しかった知じいだったが、昨年、父信廣を追うように亡くなった。

もう一人、「祐じい」と呼ぶ工藤祐長がいる。こちらは少し怖く、今でも苦手なところがある。

繁じいは、この頃は体が弱ってきて、歩くのもおぼつかないが、時々城に来ては、光廣と子供達を見て帰る。それが何よりの、繁じいの楽しみである。

光廣の顔を見ると、

「若、アイヌのことですか」

光廣がうなずき、

「ちょっと相談がある。聞いてくれるかな」

と静かに話しだす。

本当に信廣公に似てきた、と繁綱は思う。父信廣の素質を受け継ぎ、名将と言われているのが、うなずける物腰、もの言いである。

物思いに耽っている繁綱の眼差しを見て、「じい、聞いておるか」と光廣が叱る。

「もう一度初めから頼みます」と顔を崩す。

「父が逝って早二年である。蝦夷地統一の守護職を俺は欲しい。何としても手にしないと、あの世で父に合わす顔がない」

蝦夷地の統一守護職に就くことは、父信廣の念願でもあった。

「若、焦りは禁物です。しっかりと情勢を把握し、大儀名分がないと、人はついて来ません。若が死ぬまでに成就させるつもりで、しっかりと策を練り、実行することです。そして義廣様に引き継ぐことです」

佐々木繁綱は昔を思い出したのか涙ぐみ、なお続けた。

「若狭の国を逃れ、信廣公は苦労してここまで来ました。我々には後ろ盾がありません、まして領地もです。この蝦夷地は檜山安東家の領地、そしてアイヌ達の土地であり、我々はただの代官です。そこを心得ておいてください。我々にあるのは信廣公からの家臣、民です、その者達を大事にすることです。人心こそ、若が持つ、財産であり武力なのです」

繁綱は光廣の顔を見て、続ける。

「下之国守護安東家政殿はアイヌに攻められ、茂別館を捨てて若を頼って来ました。松前の守護職、下国恒季殿は、言動がよろしくない。酒に溺れ、家臣や領民を殴る蹴る、挙句の果て、切り殺すは尋常の沙汰ではない。このままでは、下之国ばかりか、松前までもがアイヌに攻められ、そしてコシャマインの時と同じになります。

コシャマインの時は茂別館と花沢館がありましたが、今回はここ勝山館だけです。到底勝ち目はありません。よくて下之国、松前、上之国のうち、一ヵ国をアイヌに任せられ、我らはアイヌの風下に立ち、倭人との交易をさせられることでしょう。

下之国守護安東家政殿は、若の手の中にあります。後は松前守護の下国恒季殿を除くことに全力を注ぐことです」

しかし、と繁綱は続けた。

「殿、今までの話は、全てじいの考えていることであって、殿は知らない話です」

「じいには俺の腹が見えているようだな」

「あとは、このじいにお任せを」

「よしなに頼むぞ。では帰る。じい、体をいとえよ」

光廣は、繁綱の手を取って言う。

数日後、佐々木繁綱の屋敷に小平知信の子、小平知廣と、工藤祐長とその息子の祐廉、若狭竜蔵の養子である若狭信竜が集まった。

佐々木繁綱が老いた眼の底から、鋭く光り放ち、皆を見回すと、ゆっくりと話す。

「今日集まってもらったのは、皆に相談がありましてな。信廣公がお隠れになり、二年が過ぎた。私も、いつどうなるか分からぬでな。そこでだ、信廣公に手土産なしで会いに逝くこともできぬ。我々も、そなた達の親も、信廣公のお蔭で戦では命を落とすことはなかった。その恩返しをと考えている。

それで相談だが、現在、下之国守護職安東家政様は泊館に入り、下之国は我々の手中にあるも同様。後は松前の守護職下国恒季殿を除き、この蝦夷地を光廣様お一人にご支配頂く」

繁綱は語気荒く話すと、ここでひと呼吸置き、さらに続けた。

「檜山安東の殿には礼節は尽くすが、蝦夷地の守護職は我が蠣崎だけで十分である。よって松前守護職下国恒季殿を排除する。皆の意見を聞きたい」

耳をすますかのように目を閉じた。そしてゆっくりと見開くと、皆の顔を見回す。

蝦夷地の守護職となるのは先代武田信廣公の悲願であり、夢でもあったことを皆が知っている。また、それは皆にとっても、共有の想いである。

「下国恒季殿は、酒を飲むと家臣に無理難題を言う。時には刀を抜くこともあるようだ」

小平知廣が言う。

「また、側室を切り殺したとか、町人を惨殺したとも噂がある」と、工藤祐長が話す。

佐々木繁綱がその言葉を引き取った。

「各館の館主も、恒季殿の悪政をどうにかならぬものか、と書状や使いをよこしているが、この老いぼれではどうにもならぬ、と書き送っておいた。松前の下国恒季殿に対し、悪者は怨みがあるわけでもないが、仕方あるまいて。それと、この話は殿には内密にな、悪者は私だけでよい」

　そして、次々と指図する。

「下之国、松前之国の館主への連絡は、工藤殿に頼む。竜蔵殿は十名ほどで、前後の警護を陰で頼む。人数が多いと目立つのでな。知廣殿と祐廉殿は三〇〇ほど連れて、中野で待機してくれ。アイヌ軍の動きがある時の備えだ」

「ではこれにて。明朝、出立します」

　工藤祐長を残し、皆帰った。繁綱は言う。

「祐長殿、悪いの。信廣様時代の生き残りは、我々二人となり申した。館主達の顔を知り、話なり、説得できるのは、貴殿しかおらぬ。拙者は、見ての通り歩くのもままならぬさまでな」

「最後のご奉公と思い、懸命に努めますのでお任せください」

　と、笑顔で工藤祐長が答えた。

　翌朝、蠣崎光廣、佐々木繁綱をはじめ、工藤祐長、小平知廣らが車座に座っている。信廣の時代から、重要な事柄を協議する時は上下の関係なく思い思いに車座に座る。若狭信竜が、「下之国、松前之国の様子と各館主達の意見を聞きたいと思います。また、アイヌの動向も気になりますので、先にひと回りして来ます」と言った。

　蠣崎光廣に、繁綱が「殿、工藤殿に、頼み申しました」と伝える。

「そうか、大儀であるな。祐じいも年だ、無理を致すな。皆もじいのこと、しかと頼むぞ」

笑顔で答えながら、光廣は思う。下之国、松前の状況の把握だけなら、工藤祐長が、わざわざ出るに及ばぬことである。老体を押して出るからには、佐々木繁綱との談合で何か策を考えてのことだろう。下之国は茂別館がアイヌ軍に落ち、安東家政殿は自分の手の中にある。他の館も毎年のように攻められ、機能をなしていない状況である。

じい達で、何かを考えたのだろう。光廣は、今は何も聞かずにおこうと思っている。

佐々木繁綱と工藤祐長が話し合ったのは、館主達から苦情の出ている事柄を、秋田檜山の安東忠季（安東政季の子）に、下国恒季の悪行、悪政を各館主と連名で訴え出ることにしようということである。安東忠季様のご気性だ、必ず動くはずである、と。

松前は守護がそのような有様であり、各館主もアイヌ軍に館を襲われたら、頼みにするのは上之国守護職蠣崎光廣である。まして苦情の書状を佐々木繁綱に送っているため、下国恒季の行状を安東忠季に届け出ることに皆、賛同し、光廣の英断をほめ称える。お蔭で工藤祐長一行は、予定より早く勝山館に戻り、佐々木繁綱の屋敷に入った。

「祐長殿、皆もご苦労でした」

「早速ですが、皆、容易に署名してくれ、助かりました」と工藤祐長。

「早速、殿に話をし、檜山に使いを出そう」

工藤祐長らが帰ったと光廣に報告し、併せて状況説明と、下国恒季の行状を檜山に訴えを出すための館主達の署名を見せた。

訴状を見ていた光廣は、「じい、急ぎ使いを出せ。苦労かけたの」と声をかけた。

永正二年（一四九六年）も間もなく雪で閉ざされた季節が訪れる頃である。

訴状を見た安東忠季は、下国恒季に弁明をするように言うが、下国恒季は、「政季殿の子倅が偉そうに。捨て置け」と、使いを追い返した。

安東忠季は激怒し、松前国守護職下国恒季の行状不届きにつき、と蠣崎光廣に処置するように命令を出す。宗家たる檜山安東家には、蝦夷地まで兵を多く出す力はなく、蠣崎光廣に一任と言う形をとらざるを得なかったのだ。

蠣崎光廣は一五〇〇の兵で大館に向かう。他の館主も合流し、総勢三〇〇〇を超えた。

大館は無抵抗で降伏し、恒季は自害した。

光廣の家臣も大いに沸き立つ。

「これで、お屋形様がこの蝦夷地を差配できることになりましたな。大殿も草葉の陰で喜んでいることでしょう」

皆、泣いている。

自分が思っている以上に、父の夢をかなえることが皆の悲願だったのか、と改めて家臣の父への想いを知った。

しかし事は、光廣達の思い通りにはいかなかったのだ。通常、功績のあった蠣崎光廣を松前の守護職にと誰もが考えるが、蠣崎の勢力の拡大を懸念した安東忠季は、副守護の相原秀胤（政胤の子）を選ぶこととなる。

いずれにしても、光廣と佐々木繁綱の策謀はもろくも崩れ去ることになった。かくして、松前守護職は相原秀胤となり、七年の歳月が流れていた。

光廣はある日、勝山館の櫓に座り、海を見ていた。

そこにはいつもと変わらぬ、景色が流れている。しかし光廣は、「俺も齢、五十八歳となるか。いつ、迎えが来るか、これ以上待てないな」と胸の内でつぶやいた。

意を決したように「誰かいるか」と呼ぶ。

すぐに下で「は」と声がし、藤倉廣忠（藤倉信忠の子）が上がって来た。

「すぐに、若狭の頭に戻るよう、繋ぎを取れ」

「は」と頭を下げ降りる。

二日目の夜半、廊下で「殿」と低く静かな声がする。

「頭か」と聞くと、「は」と答える。

「入れ」

静かに障子が開き、若狭竜蔵が入って来た。

「頭、久しいの、達者か」

「はい」

「アイヌはどうだ」と光廣が聞く。

「アイヌ軍は、箱館方面を攻めて来る気配があります、動きは活発です。アイヌ兵の数も箱館三〇〇〇人、オシャマンベ（長万部）周辺のシャチに三〇〇〇から四〇〇〇人がいます。クッチャン（倶知安）周辺のシャチにも、三〇〇〇は下らないと思います」

　黙って聞いていた光廣は、「東部アイヌはどうだ」と聞く。

「下之国、松前までで上之国までは来る様子がないです。松前に何か問題があるようです」

「現在のアイヌ軍に東部・北部のアイヌが入ると二万を超える兵力だ。到底勝ち目はないな」

　光廣は寝床に胡坐をかいて座ったまま、目を閉じ、四半刻ほど何かを考えている。

　若狭竜蔵も黙って座っている。

　目を開け「誰か酒を持て」と声をかけると、すぐに二人分の酒と肴の支度がととのえられた。

　光廣の周囲には、常に若狭竜蔵の手の者が三、四人警護についている。父信廣の時代より続いていることだ。もちろん、部屋に頭が来ていることは分かっており、何も言わなくとも、二人の分が用意されたのだ。

「頭、飲もう」と、光廣が布団から出た。

　その夜から四日後、「アイヌ軍はすでに、オシャマンベの手前に集結しています。五日から十日で箱館辺りを襲うと考えられるので、警戒のほどをお願いします、と頭からです」との報告を光廣は受けた。

　永正九年（一五一二年）。雪が融け、木々が緑をつけ、近くの山々も大分緑が染まる頃、勝山館に早馬が入る。

「殿、アイヌ軍が箱館を急襲しました。おそらく今頃、志苔館、与倉前館も襲われていることでしょう」

光廣は、傍にいた嫡男の義廣に言う。

「義廣、戦支度をしろ。比石館に置いてある兵にも、戻るように使いを出せ。泊、洲崎館にも出せ」

翌朝、早馬が再び館に入る。

伝令が義廣に報告する大きな声が、光廣のところまで届いた。

「箱館は陥落し、河野季通（正通の子）様自害、志苔館陥落、小林良定様、与倉前館、小林季景様も自害されました」

「ご苦労」と、義廣の声がする。

廊下を足早に来る音がし、戸の外で「父上、入ります」と声がして戸が開いた。

「聞こえていた」光廣は答え、

「義廣、出陣じゃ。松前に、わしが箱館へ出陣したと使いを出せ。中野で会おうと伝えよ、それと今、兵はいかほどだ」

「はい、勝山に一三五〇、比石館からの五十がもう着く頃です。泊からは二〇〇、洲崎館一〇〇、各砦から集める兵一〇〇、合わせて一八〇〇です」。

義廣は澱むことなく答える。

出来る限り兵は多く養え。出費は多いが、備えあれば憂いなしだ。父信廣の教えである。光廣も兵は大事にしてきた。父の代の二倍の数である。

先のコシャマインの蜂起の戦でアイヌ軍に占領された比石館だが、現在は焼け残った部分を補修し、緊急時のみ兵が駐留し使用している。

「よし、何とかなるだろう、神明の沢を越える」

義廣が廊下を走る。

光廣が怒鳴る。

「一陣、小平知廣五〇〇、副将今井信兼（今井吉兼の子）二陣、蠣崎義廣三〇〇、三陣、工藤祐廉三〇〇、本陣七〇〇、副将藤倉廣忠で即、出陣だ」

出陣太鼓が鳴り響く、神社と見張り台の太鼓が早打ちで鳴る。

道には砂が盛られていた。幅二寸、高さ一寸ほどの三角形の海砂である。出陣する将兵の無事と戦勝を祈念して、砂の上を「上り太鼓」と呼ばれる出陣太鼓の音と共に出陣する。先代信廣より続く出陣風景である。

なお帰館の際の凱旋太鼓は「戻り太鼓」と呼ばれ、また、死んだ将兵が道に迷わずに帰館できるよう、出陣の時と同じく砂が盛られる。

「天の川を渡ったら、知廣は走れ。皆の者よいな。一陣に遅れずついて行け」

そして光廣は「じい、後を頼む」と言うなり、馬に飛び乗った。蠣崎軍は走りに走った。

なかでも小平知廣の一陣は速い。

先代信廣の時代より遊撃隊として鳴らした小平親子は、つねに兵を鍛えており、その進軍の速さは尋常ではなかった。義廣も話には聞いていたが、全員が走るのを見るのは今日が初めてである。ついて行くのも人間わざではない、馬の速さだ。瞬く間に遠のき、そして見えなくなった。

中野の手前で、その小平知廣の一陣が待っている。二陣、三陣、続いて本陣が着くと、用意しておいた水と握り飯を配り、兵をまとめて休ませた。

ひと息つくと、今度は全軍、整然と進軍する。光廣は兵の間隔を開け、また、旗を多くして行軍させた。一八〇〇を三〇〇〇に見せるためである。

東部アイヌのショヤとコウシ兄弟が驚く。上之国の蠣崎軍が突然、降って湧いたように出現したのだ。まだ松前からも出陣してないのに、なぜ三〇〇〇もの兵が出現したのか、それも一番恐れる蠣崎軍が。

アイヌ軍に恐怖心が生まれた。

「知廣、ショヤとコウシ兄弟に言うのだ。我が蠣崎軍は、アイヌとの戦いを望まない。松前の兵が来ると我が軍も五〇〇〇となり、大戦になり、共に多くの犠牲者が出るだろう。茂別館までの戦利品はそのまま、持ち帰れとな」

小平知廣はショヤとコウシ兄弟に会い、光廣の言葉を伝える。

兄弟は承諾するも、撤退するアイヌ軍を蠣崎軍が追撃しないか恐れていた。それを見てとり、知廣は続けた。

「我が主は、父武田信廣公の名にかけ、アイヌ軍が退くと同時に、蠣崎軍も上之国へ戻るとの言い伝えでございます」

ショヤとコウシ兄弟は、武田信廣の名が出たことで安心し、退却を承諾した。

結局、前線の小競り合いだけで、戦らしい戦をせず、蠣崎軍も上之国に戻ったのである。

若狭竜蔵が勝山館に戻る。

「アイヌ軍のショヤとコウシ兄弟と話をしました。兄弟の話では、陸奥の藤原氏が滅ぶ前は交易が盛んで、金銀の飾り物、陶器、布、米などが入ってきて、潤ったということです」

「頭、藤原氏の時代など何百年も前の話だぞ」と光廣は驚いた。

「ただ、その後も、コシャマイン酋長の蜂起までは交易は続いてきたが、その後は、交易が減少しているそうです」

「昔の、よき時代か」光廣がつぶやく。

「俺は昔のよきことなど、一度も父上から聞いたことがないな。父からはいつも行儀作法と、人の上に立つことの難しさを、教えられた。武術、学問は父の側近が、争って教えてくれたものだが。今思っても、全て超一流の師であった」

しかし、いつまでも感傷にひたっている暇はない。

「それで頭、話の中身は」

「大館を襲い、金銀も陶器も布も全て奪い放題。しかし上之国を襲う、いや足一本踏み入れても、蠣崎軍は全力でアイヌ軍に立ち向かうことになるぞ、と伝えました。さらに現勢力は三〇〇〇、アイヌ軍と十分戦える戦力。それに、アイヌ軍が落とした館からも、逃げて来る兵が二〇〇〇は下らない。計五〇〇〇以上が死に物狂いで戦う。そして勝山館は難攻不落だ、アイヌ兵の犠牲も五〇〇〇以上は出ることになる。ショヤとコウシ兄弟もそのことはすぐに理解したようです。そこで大館より奪った物は関知せず、それと別に、お館様が望みの物を言ってくれ、とのことでした」

竜蔵がそこまで言うと、光廣は「頭、策士だな、軍師だな」と笑う。

「殿」と竜蔵が言うと「悪い悪いと」と真剣な顔つきになり、

「竜蔵、松前の大館を襲い、物を奪ったら、ヤクモまで下れと言え。松前大館の奪還に蠣崎軍が動く。我が軍が大館に着くその前に大館を出て空にしろ、とアイヌの兄弟に伝えよ。大館より奪った物は全てくれてやる。蠣崎軍は知内川を越えないとな」

「これから行ってきます」

しかし、竜蔵からの連絡がないままに日々が過ぎた。

光廣も落ち着かないでいると、早馬が勝山館の門を入る。

「父上」

義廣が廊下を小走りで来る。

「おう、ここだ、いかが致した」

「ただ今、大館より早馬で、六月二十七日早朝アイヌ軍に襲われ、落城。相原秀胤様、ご自害とのことです」

「義廣、現在使える騎馬はいかほどだ」

「小平知廣つき一〇〇騎、工藤祐廉一〇〇騎と新田つき一〇〇騎です。あとは泊と神明の沢にアイヌ軍の押さえに置いてあります」

「分かった、比石館には五十騎、合わせて三五〇騎か。それで十分だ」

いつの日か我らが蝦夷地を治める時が来る。この来た後は広い。戦でも政《まつりごと》でも必ず馬が必要だと、子供心に父の思いが分かり、馬の数を増すように光廣は心がけてきた。

比石には、アイヌ軍に動きがあるとのことで、兵を常駐させていた。

「それから兵五〇〇を用意し、準備ができしだい、大館に走らせろ」

光廣は怒鳴るように言う。

小平、工藤らは集まっている。

「八幡宮前に集合させろ。大館まで奔るぞ。藤倉、お前は守りに入れ。間違ってもアイヌ軍を上之国に入れるな、よいな」

光廣が館を出、一気に八幡宮前に降りると、すでに三〇〇騎がそろっている。

光廣は大声で言う。

「松前の大館がアイヌによって落ち、守護職の相原秀胤殿が自害されたとのことである。これより大館を奪還する。大館まで駆けるぞ、皆の者遅れるな」

「おお~」と声が上がり、いっせいに砂埃と共に大館に向け駆け出す。

光廣の乗馬は、父信廣に負けぬほどの腕前である。ついて行くのは、小平知廣の一〇〇騎の旗本のみ。他の隊は、一里近く遅れているようだ。

比石館を過ぎると、道が細く難所である。下馬して馬を引き、歩く箇所もあった。

松前に入り、原口館で人馬は一時休憩した。

原口館の兵達は、人馬共に倒れ込むように休む。蠣崎軍の将兵に水、飼葉、食物を配る。

光廣が腰を下ろして間もなく、

「殿、竜蔵です。遅くなり申し訳ありません」

「頭か」

「は」

「して……」

「話がつき、アイヌ軍はすぐ大館を空けるとのことです」

「そうか、ご苦労だった」

「詳細は後で」

竜蔵は頭を下げる。

「内密にな、それと我が軍が禰保田を出る前に必ず出させろ」

光廣が言うと、「心得ております。アイヌ軍の動きを見ますので。では」と、竜蔵は消えた。

「行くぞ、立て」と、声があちこちでする。

再び騎乗し、比石館の五十騎も追いつき、三五〇騎は禰保田館を目指した。

禰保田館は門を閉ざし、恐怖と不安に慄いていた。

無理もない。アイヌの大軍が蜂起し、大館を陥落したとのことで、二〇〇人ほどの禰保田館が攻められると一日と持たない。

館に残った者も一〇〇に満たない。それでもよくそれだけ残ったものだ。光廣は感心した。光廣は言う。

「我々蠣崎軍が来たからには、もう心配はいらぬ、安堵せい」

城兵達には光廣が神か仏に見えたことであろう。

勝山館から駆けに駆け、人馬も限界である。通常であれば、後から来る兵を待ち、態勢を整えてアイヌ軍に対峙するが、光廣はこのまま大館に攻め込む勢いである。

このまま、兵を待たずに進んでいくのではないか。工藤祐廉と小平知廣は心配になり、

「お屋形様、これからいかがなされますか」と尋ねた。

光廣は二人を見てにやりと笑うと、

「蠣崎軍三五〇騎に原口館、禰保田館の兵で七〇〇近くに膨らんでいる。このまま夜までに、大館に攻め込むぞ」

と言った。

二人が共に思わず「お屋形様」と声を出すと、光廣は二人を見てまた笑う。

「すまぬ、すまぬ」と手を振ると、アイヌ軍との密約の件を話した。

「刀剣、布、金を与えるため甚大なる出費であるが、兵の損失、戦への費用は莫大だ。何より勝てるか否か、が問題だ」

光廣は続ける。

「勝ち戦で終わったとしても、下之国はアイヌのものだ。下手をすると松前まで取られてしまい、それを取り返すのは至難の業だ、何年かかるか分からぬぞ。安東の手助けを頼むと、勝ってもただ上之国の守護職止まりだ。ようやく下之国を手に入れ、これで松前之国を取ると、実質的に蝦夷地は我が蠣崎のものだ。父上の夢を果たせるし、これで私の念願もかなうというものだ。

蠣崎軍が大館の奪還に向かったら、アイヌ軍が恐れて撤退したということだ」

言い方まで亡き信廣公に似てきた。

「まず大館に蠣崎軍が入ったことを皆に知らせるのだ。そして、松前がわしの統制下にあることを知らしめることだ」

光廣は大声で「皆の者、これから大館のアイヌ軍を撃退し、大館を確保するのだ」

続けて祐廉が「出立！」と叫ぶと、兵達も一斉に「オォー」と、手を挙げ奔り出した。

大館までアイヌ軍に遭遇することなく進軍していくと、向こうから早馬がやって来るのが見えた。知廣が騎馬隊を止める。

「ご苦労様です。アイヌは蠣崎軍がこれほど早く来ると思いもせぬようで、慌てて引き揚げました」

蠣崎軍が大館に向かっていることが分かり、知らせに来たのだろう。

「自分は大館を逃れ、山に入り様子を見ましたら、にわかにアイヌ軍が引き揚げを開始しました。アイヌ軍の撤退を最初は罠かとも思いましたが、探ると、蠣崎軍が大館に五〇〇〇以上で向かっている、また、檜山の安東からも大館に向かっている、とかでアイヌ軍に動揺が走り、この際、箱館方面まで下がろうということのようです」

「分かった。ご苦労」

光廣が答える。

「これより大館まで進む、アイヌ軍が潜んでいるかも知れん。気を抜くな」との祐廉の声を合図に、四〇〇騎以上と兵がいっせいに大館に向かう。

アイヌ軍が撤退したのを知り、戻って来た民や兵で表門付近は多くの人々がいた。蠣崎軍の騎馬群の蹄の音に気づき、逃れていた民が沿道にも集まる。そして道を開け、歓声をあげた。四〇〇もの騎馬隊が歩むのを見て、手を合わす民さえいた。

守護職の相原季胤と村上正義は討ち死にし、主のいない大館は蠣崎軍で埋まる。

光廣は工藤祐廉と小平知廣に兵をつけ、大館の警戒に当たらせた。

大館には志苔館、箱館、与倉前館、穏内館等から逃れた兵と、蠣崎軍の二五〇〇以上が集まり、その他、民も集まりだしている。雨、風を防ぐ場所と食糧の集荷が最大の急務であった。

光廣は工藤祐廉を呼び、

「これよりすぐに勝山館に帰るが、留守を頼む。アイヌの兄弟もいつ、気が変わるとも限らん。十分警戒をしろよ」

「兵はいかがいたしますか」と、工藤祐廉が聞く。

「小平知廣の旗本だけでよい」

光廣の答えに、

「分かりました。この大舘には二〇〇〇以上、おそらく三〇〇〇を超える兵になるでしょうから、アイヌも手は出せんでしょう」

と祐廉は、大丈夫ですよ、という顔をした。

「祐廉、油断は禁物だ」

「肝に銘じておきます」

笑顔で答える祐廉の胸元を義廣は拳で軽く突き、互いの無事を祈るかのように握手をした。二人を見て、小平知廣が二人の肩を叩く。

周囲にも、この主従の仲のよさが見てとれる光景であった。

「祐廉、細かいことは、知廣と打ち合わせてくれ。義廣、先に出立し、勝山館のじい達にこの手紙を届けろ。後は打ち合わせ通りに、じい達と進めてくれ」

光廣はそう伝えるなり、「頭」と呼ぶ。

すぐに「は」と、若狭信竜が駆け寄る。

「義廣を頼む、五十騎をつけるが、あとは頭の配下をできるだけつけてくれ」

光廣が「いかんせん、可愛い息子での」と言うと、義廣は怒ったような顔をして「父上」と睨んだ。

そしてまた、皆は笑う。

信廣の時代から、代々見られてきた光景である。

永正十一年（一五一四年）早春、上之国大間湊、天の川河口より出港した船団は、大間の岬沖合で取舵を一杯にし、帆に風を受け波間を滑るように進む。

光廣は義廣と松前之国大館に移住すべく向かっていた。

交易、アイヌ対策、全ての面で松前の方が上之国より利便性があった。上之国勝山館に次男の高廣を上之国守護として置く。

何よりも、松前に移るということは、上之国もとより松前、下之国も、実質この蝦夷地を蠣崎が治めるということを、本家の安東忠季に意思表示をすることであった。

おわりに

武田信廣が生きたこの時代になると、アイヌ民族は倭人との交易が盛んになり、生活は倭人と基本的には変わらなくなってきていた。

山海で採った魚貝、毛皮、羽等と鉄製品、穀物、装飾品等を交易により交換することにより捕獲量が増えると、アイヌ民族の生活は様変わりしていく。

中でも狩猟の鉄、漁網などを多く使用することで、捕獲量や、鉄製品で加工技術の向上が画期的な飛躍をすることになり、アイヌ民族の生活水準が数段向上する。

交易船も増えると倭人の数も必然的に多くなり、そこには倭人が住みだし、村落ができると、そこで必要な品が手に入るようになる。

倭人が自分で漁をするようになると魚場が浸食され、アイヌは窮屈になる。

魚場、狩場の拡大を図る倭人、それを阻止しようとするアイヌ民族、必然的に軋轢が生まれる。

それは商取引の場でも同じである。圧倒的にアイヌ側の数が多く、相手を選べる倭人の方が優位であるために、アイヌ側に多くの不利益が生じる結果となる。

アイヌの人々に不満が出るようになり、それがアイヌ民族全体に広がり、アイヌ民族として個々ではあるが、まとまりを見せるようになる。

コシャマイン酋長が戦いに敗れたことにより、アイヌも危機感を抱くようになるが、コシャマインの乱以外に倭人を蝦夷地から一掃しようとする意思がアイヌ民族には見えない。たとえ、蜂起しても、時期を見て、手を結び、共に生きようとする。倭人とは違い、土地に執着心がないのだろう。

寒さと雪の冬に耐え忍び、春をただひたすらに待ち、そして春を喜び、短い夏を惜しみ、恵の秋に感謝する。自然と共に生きるこの北の民の本質が優しいのかも知れない。

それが彼らの弱さとなり、倭人に利用されることとなったのかも知れない。

一年のうち、半分は雪に埋もれるこの地は、交通網、流通網、通信網の全てが途絶える。アイヌがたとえ蜂起しても、短期間、単発的になる。倭人の農繁期と似ているが、いかんせん、雪という自然の猛威の下、動けぬ期間が長すぎる。

アイヌ民族はこの北の大地に根を下ろし、雪と闘い、その悪条件の中、民族の尊厳と生き残りをかけ、倭人と戦うことになる。

倭人もまた、この蝦夷地での生き残りをかけ、アイヌ民族と戦うこととなった一族があった。

その一族は蠣崎一族と呼ばれ、蝦夷地の寒村から始まった。

わずか一〇〇〇人足らずで北の大地で生き残るため五十万人以上とも言われるアイヌ民

族と死闘を繰り返した。

蝦夷松前藩の祖と言われる武田信廣から蠣崎、松前と代々に亘り、密謀と謀殺の限りをつくし、アイヌ民族を迫害した家系であると、松前藩とその先祖たちは様々の文献で非難の的である。しかし当時、絶対的覇権はアイヌ側にあった。

コシャマインの乱と言われた戦は倭人側に武田信廣という優れた将がいたので、辛くもアイヌ軍を破るが、この後、アイヌ軍の攻撃に倭人は、なす術もない。

絶対的少数の倭人が生き残るには、策謀を持って対抗する以外に道はなかった。

蠣崎軍がアイヌのシャチを攻撃し、アイヌの人々を殺したという伝えは、私が知る限りではない。倭人がアイヌの逆鱗に触れると、たちまちアイヌ軍が攻め込み、この蝦夷地で生きて行くことは不可能に近いことを倭人の誰もが知っているからだ。

この物語の時代、アイヌは決して弱者ではなく、倭人と対等、いやそれ以上であったはずである。

後に時の権力者に、蝦夷地の倭人もアイヌ民族も翻弄されてゆくのである。

戦国時代、そして江戸時代と五〇〇年以上もの間、前面に時の覇者、背面にアイヌ民族、その狭間を、蠣崎一族そして松前藩は、北海の荒波に浮かぶ小舟が如く揺れながらも、民と、そして家臣を守るため、持てる全てを駆使し、生き抜いてきた。

幕末には老中職まで上りつめたこの一族を、人は、陰謀の限りを尽くした騙し討ちの一族、謀殺の系譜という。

しかし倭人とアイヌは時としては争うこともあったが、共に生き、共に同じ地に眠っているのも事実である。

松前藩祖の武田信廣の墓と宮に見守られ、春には山躑躅が一面に咲き乱れる、夷王山（北海道桧山郡上ノ国町）の麓であり、勝山館の傍らである。

倭人とアイヌが各々の信じる宗教の下で、同じ場所に、静かに日本海、笹山、鷗島と昔と変わらぬ景色を今も共に眺め眠っている。

松前藩にとっては神聖なこの地に共に眠る人々を見ても、上之国ばかりでなく、他の地にもアイヌと倭人が共に生き、共に眠っている処が存在するのだろうと、この北の大地に住む者として思いたい。

しかし、江戸時代から明治時代と圧倒的に倭人が優位に立つと、それはいつの世も同じであるが、優位な側の都合により、迫害と差別が行われるのである。

明治維新で日本の夜明けを声高に叫んだ人々が、暗黒の闇にアイヌ民族を、なお一層追うことになる。北の大地に住むこのアイヌ民族という日本人の夜明けを、多くの人々が忘れたのである。そして現代のこの世まで、ほんの数十年前まで、多くの日本の人々は忘れていた。

同じこの北の地に住む我々までもが忘れ、尚アイヌ民族に苦難の道を歩ませることとなった。

現在、江差線の廃止（江差～木古内）に寂しさを感じ惜しむ人々、そして北海道新幹線開通に喜ぶ人々が住むこの地、この蝦夷地、北海道の半島、函館から松前木古内そして上ノ国この二〇〇キロメートル程の海岸線で、六〇〇年以上前からアイヌ民族と倭人が戦ったのである。

武田信廣とその子孫、そしてコシャマインとその同胞が命をかけ、何百、何千の屍を踏み越え、互いの尊厳と生き残りを賭け戦った。

一年の半分を厳寒と雪で閉ざされる、この蝦夷地に生きた、やるせなくも、切ない人々の上に、六〇〇年もの歳月に降り積もりし雪を眺め、現在もまだ、凍《しば》れている大地が早く融けることを願うように、この蝦夷地の半島は日本海と共に、今日も暮れゆく。

この時代の文献が余りにも少なく、まして、アイヌ民族は文字を持たぬ民族と言われています。この物語は史実を参考にしたフィクションです。

著者プロフィール

久末 知樹（ひさすえ ともき）

1945年、北海道生まれ。

現在北海道在住。

北の空に翔べ　蒼き闘将達

松前藩開祖　武田信廣とその一族

2015年２月15日　初版第１刷発行
2021年12月25日　初版第２刷発行

著　者　久末 知樹
発行者　瓜谷 綱延
発行所　株式会社文芸社
〒160-0022　東京都新宿区新宿１－10－１
電話　03-5369-3060（編集）
03-5369-2299（販売）

印　刷　株式会社文芸社
製本所　株式会社MOTOMURA

©Tomoki Hisasue 2015 Printed in Japan
乱丁本・落丁本はお手数ですが小社販売部宛にお送りください。

送料小社負担にてお取り替えいたします。

本書の一部、あるいは全部を無断で複写・複製・転載・放映、データ配信することは、法律で認められた場合を除き、著作権の侵害となります。

ISBN978-4-286-15839-6